CHAT PERCHÉ

LES ASSASSINS À MOUSTACHES, TOME 1

SKYE MACKINNON

Traduction par
LORRAINE COQUELIN , VALENTIN TRANSLATION

Peryton Press

À Rachel, qui n'a cessé de se battre pour ce livre.

Et aux deux Lily, l'américaine et l'allemande. Continuez à miauler !

NOTE DE L'AUTEURE

Comme vous le constaterez très vite, cette histoire se déroule dans un monde très similaire au nôtre. Malgré tout, il y a quelques différences significatives. La technologie ne s'est pas développée de la même manière et, bien qu'il existe certains appareils dont vous êtes familiers, tels que les téléviseurs par exemple, il n'y a pas de téléphones portables, de voitures ou d'Internet. Pas d'armes à feu non plus.

Merci à tous mes followers Facebook qui m'ont montré des photos de leurs chats et m'ont parlé de leur personnalité. Cela a été d'une grande inspiration pour moi, et vous trouverez même certains de ces chats dans ce livre.

En dehors de cela, tous les personnages, les événements et les lieux sont fictifs.

PROLOGUE

Le chaton me regarde d'une drôle de façon, peut-être comme un nouveau jouet amusant, ou bien comme une proie à tuer. Ou un mélange des deux, sans doute. Il miaule bruyamment, me lançant un défi. Je miaule en retour, cent fois plus fort. Il me dévisage, choqué, puis détale en courant, le poil hérissé.

— Désolé, petit, murmuré-je. Je ne veux pas de témoins ce soir.

Je continue ma progression sur les toits, aussi silencieuse que l'a été le chaton que je perçois encore dans mon esprit. Il me regarde de loin, se demandant sans doute ce qu'il peut bien se passer. Je suis une menace, sur son territoire, et pourtant, il n'a pas rassemblé assez de courage pour m'affronter. Bien. Je ne veux pas me laisser distraire ce soir.

Je saute d'un toit à l'autre, m'immobilisant de temps en temps pour être sûre d'être sur la bonne piste. C'est bien plus difficile de se diriger sur les toits, sans l'aide des panneaux et des points de repère au sol. J'ai un bon sens de l'orientation, bien que je ne m'y fie pas toujours. C'est ce que l'on m'a enseigné. Ne fais confiance à personne, pas même à ton propre esprit. Pas non plus à ce que tu entends ou à ce que tu vois. Le monde n'est qu'un tissu de mensonges entrecroisés pour donner l'apparence de la réalité.

Lorsque j'atteins un toit si vieux et délabré que même moi je fais craquer les tuiles usées, je m'arrête et m'accroupis doucement, prête à bondir. Je n'ai pas beaucoup d'informations sur ma cible, pas assez à mon goût. Je ne sais pas si elle est puissante ou, plus important encore, paranoïaque et à quel point. La plupart des gens de cette ville le sont, mais certains plus que d'autres. La chasse aux sorcières de la semaine dernière, la première depuis des siècles, en a été la preuve.

Comme il n'y a aucun bruit dans la maison en dessous de moi, je m'avance vers la lucarne. Elle possède un vieil encadrement de bois, qui paraît être la source de toutes les échardes de cette planète. Hors de question que j'y touche sans gants.

Je jette un rapide coup d'œil dans la mansarde. Pas de lumière, bien. Je m'agrippe au bord du toit et appuie dessus quelques fois. Il semble assez stable pour supporter mon poids. Espérons-le.

Accrochée du bout des doigts, je me laisse doucement descendre jusqu'à me retrouver les jambes pendant devant la vitre. D'après les informations que l'on m'a données, ce grenier ne sert que de rangement. Il devrait être vide. Me balançant vers l'avant, les jambes tendues, je frappe la fenêtre. Elle est si vieille qu'elle n'offre guère de résistance. J'aurais sans doute pu la faire céder à mains nues, même.

Je me laisse tomber au sol et me fige, écoutant tous les bruits de la maison. Il n'y a que le silence. Soit l'homme dort, soit il n'est pas encore rentré. J'espère que c'est la première hypothèse. J'appréhende de refaire tout ce chemin. Cette maison se situe à l'autre bout de la ville, par rapport à l'endroit où j'habite. J'essaie d'éviter de rester trop longtemps à découvert. J'ai perdu le compte du nombre de contrats sur ma tête, mais il y en avait une dizaine la dernière fois que j'ai vérifié. Cela me remplit d'une fierté un peu malsaine. Les gens ont peur de moi. Ils ont raison. La peur est une très bonne protection. Si les gens vous craignent, il y a moins de risques qu'ils tentent de vous attaquer.

Je reste accroupie quelques minutes supplémentaires. Ne percevant toujours aucun son, je me mets debout et sors une lampe torche de mon sac à dos. Je fais un rapide balayage de l'endroit. À part quelques cartons poussiéreux, le grenier est vide, comme on me l'avait promis. Vu l'épaisseur de la saleté au sol, personne n'est monté depuis des semaines.

La pièce est plutôt sympa, en fait. Après un bon nettoyage, elle ferait une superbe chambre mansardée. Les poutres en bois traversant le sol et rejoignant le plafond seraient parfaites pour y accrocher un hamac. Bien mieux que le trou à rats que je qualifie de maison à l'heure actuelle.

Un bruit à l'étage en dessous me surprend, toutefois, grâce à mon entraînement, je ne sursaute pas. Je reste immobile, les pieds ancrés au sol, totalement silencieuse. Je perçois des pas, lents et lourds. Une démarche traînante plutôt qu'affirmée. On ne m'a pas donné l'âge de ma cible, mais je déduis à ces pas qu'elle est vieille. Ce sont les plus faciles. Pour faire mon travail, oui, mais pas seulement. Pour ma conscience également. Les gens âgés meurent, de toute manière. Je ne leur dérobe que peu d'années de vie. Je m'en sens donc moins coupable.

Je reste en position, n'osant pas faire le moindre mouvement, jusqu'à ce que le bruit de la chasse d'eau et des pas traînants à nouveau m'indiquent qu'il est de retour dans sa chambre. Il est temps d'agir si je ne veux pas me retrouver aussi couverte de poussière que cette pièce.

Je m'avance prudemment jusqu'à la trappe. Elle est relativement moderne comparée au reste de la maison, avec ses charnières métalliques, qui ne donnent pas l'impression de vouloir grincer trop. Avec des gestes lents et doux, je l'ouvre et fais descendre l'échelle. Plus j'y vais lentement, moins j'ai de risques de faire un bruit.

Je m'ennuie à mourir le temps d'atteindre le dernier barreau.

Je préfère grandement les assassinats simples et rapides dans les ruelles plutôt que de me faufiler chez quelqu'un. Non seulement parce que ça prend une éternité, mais aussi parce que ça ne fait que me montrer le genre de vie que je n'ai jamais eue et que je n'aurai jamais. Des tableaux aux murs. Des photographies dans des cadres poussiéreux. Un tapis usé sur les bords, terni par le temps et tant de pas. Au bout du couloir, une plante mal en point trône dans un pot trop grand pour elle. Je parie qu'elle n'a pas été arrosée depuis des semaines. Peut-être que je lui filerai un peu d'eau quand j'aurai tué son propriétaire. On n'aura qu'à dire que c'est compris dans le tarif.

Sur la pointe des pieds, j'avance vers les ronflements bas. La direction correspond à la carte mentale que je me suis faite de la maison tandis que j'écoutais la balade de son propriétaire jusqu'aux toilettes. La porte sur ma droite mènera à sa chambre. Je sors mes couteaux des fourreaux accrochés à ma ceinture. Comme je les ai huilées hier, mes armes préférées ne font pas le moindre bruit quand je les dégaine. Elles sont aussi recouvertes de poison, une méthode bien plus subtile que les simples coups de couteau. Rien qu'une coupure avec ces lames, et ma cible meurt en moins d'une demi-heure. C'est bien plus personnel que les flèches qu'affectionnent certains de mes collègues. Non, ne les appelons pas ainsi. Mes compatriotes. Ces pauvres bougres piégés dans le même genre de vie que moi.

J'inspire profondément sans bruit et ouvre la porte. Bien qu'il fasse presque noir dans la pièce, mes yeux s'adaptent rapidement, déjà habitués à la faible luminosité du couloir. Une silhouette est allongée sur le lit, sous plusieurs couvertures. Il doit vraiment avoir froid. Nous sommes en fin de printemps, alors une simple couette devrait suffire.

Prudemment, j'avance vers la gauche du lit, les lames brandies. Je devrais peut-être n'utiliser que le poison, aujourd'hui. Qu'il meure ainsi pendant son sommeil. C'est bien plus sympa et bien moins sanglant que de lui couper la gorge. Ses draps sont de très bonne qualité, alors ça me dérangerait de les abîmer. L'un de ses héritiers aimerait peut-être les récupérer sans taches.

Remettant l'un des couteaux dans son fourreau, je sors une minuscule aiguille d'une poche cachée sous le col de ma chemise. C'est moins impressionnant que mes lames, mais soyons moins violente aujourd'hui. Ce sera compensé par le carnage de ma cible d'hier.

Alors que je tends le bras pour piquer l'homme, je constate mon erreur. Les ronflements se sont arrêtés, et sans doute dès mon arrivée dans la chambre. Cet homme ne respire pas.

— Tu n'es pas très brillante, hein ?

Je pivote vivement, prête à lancer mon couteau sur l'homme dont la voix sort d'un coin de la pièce. Une pièce que je n'ai pas contrôlée pour m'assurer qu'il n'y avait pas de pièges. Grave erreur. Sans quitter du regard les ombres où se cache l'autre homme, je secoue celui allongé derrière moi. Il est trop léger. Ce n'est même pas un corps. Par pitié, ne me dites pas que je suis tombée dans le piège des coussins glissés sous les couvertures. Je mérite vraiment de me faire attraper. J'ai été trop distraite par les plantes en pot et les tapis.

— Qui êtes-vous ? lancé-je d'une voix pleine de défi et aussi tranchante que possible.

Ne montre pas ton incertitude et ta peur.

— On m'a affirmé que l'on m'envoyait l'une des meilleures, marmonne-t-il tout bas. Je ne suis pas convaincu que ce soit toi.

— Vous êtes ma cible ?

Quand il sort de l'ombre, je lâche mon aiguille, préférant reprendre mon deuxième couteau. Même avec le faible éclairage, il est clair que l'homme est vraiment vieux, pourtant, il se déplace d'une manière étrange, fluide, qui me rappelle un prédateur traquant sa proie. Sa démarche traînante jusqu'à la salle de bains devait être de la comédie.

— Tu as pris ton temps, réplique-t-il plutôt que de me

répondre. C'est bon signe, j'imagine. Parfois, la patience est plus importante que l'intelligence.

Il semble déterminé à m'insulter, mais je ne réagis pas à la provocation. J'ai des années de pratique pour ce qui est d'ignorer ce que les autres disent de moi.

— Qu'est-ce que vous me voulez ? demandé-je.

Quelque chose me fait dire qu'il n'a pas l'intention de tuer son assassin. Il aurait pu le faire dès que je suis entrée dans cette chambre. Que ce soit en me sautant dessus par-derrière, en me tranchant la gorge ou en me frappant la tête avec une poêle. N'importe quelle méthode de son choix.

— J'ai une proposition à te faire, explique-t-il calmement. Tu n'es pas aussi douée que je le croyais, mais je vais devoir faire avec, j'imagine. Que dirais-tu de devenir ton propre patron ?

Je ris, sans joie.

— Aucune chance.

Non pas parce que je ne le veux pas, mais parce que je ne peux pas. Je ne vais pas le lui dire cependant. Ne dévoile jamais tes faiblesses.

— À cause du collier autour de ton cou ?

Là, mon esprit a un blanc. Comment a-t-il su ? Personne n'est au courant. Instinctivement, je porte la main à mon cou pour vérifier que mon foulard est bien en place. Il l'est. L'homme n'aurait donc pas dû pouvoir voir le collier.

— Comment ? demandé-je.

Il saurait de quoi je parle. Il pouffa.

— Secret professionnel. Mais voilà le topo. Je t'enlève le collier et tu peux monter ta propre agence. Je te donnerai parfois des cibles, mais sinon, tu seras indépendante. Je peux même te verser un peu d'argent pour débuter.

Mentalement bouche bée, je parviens à garder un visage impassible. Et à ne pas lui poser un millier de questions.

— Qu'est-ce que vous en retirez ?

Il rit.

— Ça fait longtemps que j'attends de pouvoir quitter cette ville. Il te suffit de dire que tu m'as tué. J'obtiens la paix et la tranquillité, et toi, cette maison et mes contacts actuels. Ça devrait t'aider à démarrer.

La confusion me ralentit le cerveau. Il veut que je monte ma propre boîte d'assassins ? M'enlever mon collier ? Me donner cette maison ? C'est forcément un test.

— Prouvez-le, lancé-je sur un ton de défi. Prouvez-moi que vous pouvez me débarrasser de ce truc.

Je retire mon écharpe, dévoilant le bijou en bronze. Je suis habituée à ce qu'il me serre autant et me fasse presque mal quand je déglutis. Les quelques fois où je suis restée sans, à l'époque où je grandissais sans cesse et où il fallait m'en refaire un tous les ans ou pas loin, je me sentais presque nue. Il fait partie de moi, de mon identité. Nous en avons tous un. Tout le monde dans la Meute.

— Je dois m'approcher, me prévient-il. Et si j'allumais ?

Il le fait avant que je ne puisse donner mon avis, et la lumière vacille au-dessus de ma tête. L'ampoule est faiblarde, typique de celles à économie d'énergie qui mettent un certain temps à atteindre leur pleine puissance. Cela m'arrange, c'est plus facile pour mes yeux.

Je peux enfin voir ma cible. Il est grand, étonnamment, et porte un haut-de-forme noir sur ses cheveux blancs. Sa barbe bien taillée cache un menton anguleux, mais n'empêche pas de distinguer les profondes cicatrices sur ses deux pommettes. Sans elles, il aurait l'air d'un gentleman ou d'un universitaire passant l'essentiel de ses journées derrière un bureau ou entouré par ses livres. Ces marques racontent cependant une autre histoire.

— Qui êtes-vous ? demandé-je, répétant ma question précédente, avant d'être saisie par un doute qui transperce ma perplexité. Vous avez mis un contrat sur votre propre tête pour me faire venir ici ?

— Bien, commente-t-il pour toute réponse en s'avançant vers moi.

Je lutte contre mon instinct qui me pousse à éviter le contact et prendre la fuite, et reste au contraire fermement ancrée sur place. Je suis trop curieuse pour mon propre bien. Laisser quelqu'un d'aussi dangereux que lui s'approcher autant de moi n'est jamais une bonne idée. Et pourtant, je ne bouge pas tandis qu'il lève la main droite vers mon cou, sa gauche disparaissant dans la poche de sa veste.

À chat curieux, malheur arrive. Voilà ce que l'on graverait sur ma tombe, si tant est que quelqu'un se donne la peine de m'enterrer. C'est très improbable. Mon cadavre va sans doute finir flottant dans une rivière ou jeté dans l'une des grandes poubelles de la ville. La fin parfaite pour une vie faite surtout de meurtres et de larcins.

J'écarte le col de ma chemise tandis que l'homme effleure le collier.

— Ils sont un peu plus évolués que la dernière fois que j'en ai vu un, mais ça reste assez simple. Ne bouge pas, il n'y en a pas pour longtemps.

Il ferme les yeux. Ce serait le moment parfait pour le supprimer. Pour faire ce que je suis censée faire et rentrer chez moi, déjeuner puis faire une sieste.

Mais non, je suis stupide et curieuse. S'il existe la plus petite chance qu'il puisse me débarrasser du collier qui gouverne ma vie dans ses moindres détails, je suis prête à prendre le risque. D'autres ont essayé de le retirer, avant moi. Tous ont échoué. Je ne sais même pas pourquoi je crois cet homme. Ce n'est sans doute qu'une ruse. Je me suis déjà laissée berner par l'une d'elles aujourd'hui. La première fois était un accident, un moment de distraction ; la seconde n'est que stupidité et imprudence pures.

Cela dit, je n'ai jamais prétendu être intelligente.

— Ça va bientôt s'ouvrir, marmonne l'homme. Prépare-toi, ça va être perturbant.

Il ne me laisse aucun instant pour le faire. Le collier s'écarte dans un crissement étrange. Je prends une grande inspiration qui me fait chanceler. Mon cœur se met à battre plus vite et les poils se dressent sur mes bras. Un grognement me racle la gorge.

— Calme-toi, me dit l'homme d'une voix apaisante. Tu peux garder le contrôle. Tu es forte.

Les larmes me montent aux yeux lorsque la douleur envahit le bout de mes doigts. Nul besoin de regarder pour savoir que mes griffes viennent de percer ma peau. Je cligne des paupières rapidement, et à chaque fois, les couleurs changent, alternant entre pièce lumineuse et formes floues. Comme si un peintre passait une éponge sur son œuvre pour absorber une partie des couleurs et adoucir les lignes franches.

— Tu contrôles.

Mes oreilles se tournent vers la voix de cet homme. Elle est bien plus forte et pourvue de bien plus de nuances qu'auparavant.

Les souvenirs affluent dans mon esprit. J'ai déjà connu ça. Il y a longtemps. Avant que l'on ne m'attache ce collier autour du cou. Une course dans les herbes hautes, tant de fragrances, le bruit des insectes aussi fort que celui du trafic. La douceur du sol sous mes pattes. Mes griffes…

Contrôle. Je prends une nouvelle inspiration profonde et me concentre sur cette pensée. Le contrôle. C'est moi qui ai le contrôle. Pas l'animal. Pas la bête cachée en moi.

Lentement, mes griffes rentrent et mon rythme cardiaque s'apaise. Une minute plus tard, ma vision revient à la normale. Je ne détache cependant pas les yeux du vieil homme qui est retourné dans le coin de la chambre, le regard rivé sur moi.

— Ils ont fait le bon choix en t'envoyant ici ce soir, déclare-t-il dès que je suis prête. Tu contrôles assez pour pouvoir gérer cet état. Tu n'as jamais eu besoin de collier. Ils auraient dû te l'enlever il y a longtemps. Eh bien, le malheur des uns fait le bonheur des autres. Parlons affaires à présent.

— Affaires ? répété-je, la bouche sèche.

Je me sens bizarre. Comme envahie de cette faiblesse que l'on ressent juste avant de tomber malade, quand on ignore encore ce qu'il se passe et qu'on n'arrive pas à comprendre pourquoi on ne se sent pas aussi bien que d'habitude. Je me caresse le cou. La peau là où se trouvait le collier est douce et sensible. Faible. Je décale le col de ma chemise et remets mon foulard. Et je me souviens que je devrais prévenir cet homme d'un truc.

— Tenez, ça peut vous intéresser, dis-je en lui lançant une minuscule fiole, cachée dans l'une des nombreuses poches de ma chemise.

Il l'attrape sans peine et l'observe avec curiosité.

— Qu'est-ce que c'est ?

— L'antidote au poison que je vous ai administré, avoué-je en souriant. Désolée, je ne savais pas si vous m'enlèveriez le collier ou si vous aviez d'autres projets plus sinistres.

Il haussa un sourcil.

— Des aiguilles ?

Je hoche la tête.

— Cachées dans mon col. Je vous ai piqué lorsque vous avez mis les mains autour de mon cou.

— Hum. Je ne l'avais pas vu venir. C'est impressionnant. Tu es peut-être plus intelligente que tu n'en as l'air.

Il débouche la fiole et en vide le contenu. Je suis ébahie qu'il me fasse confiance. Ça aurait pu être du poison. D'accord, je lui en ai déjà administré, mais cela aurait pu être un double bluff.

Il fronce le nez, dégoûté.

— La prochaine fois, ajoute un peu de cannelle. Ça améliorera l'arrière-goût.

Je reste impassible.

— Je vais prendre votre remarque en considération.

— Il y a un labo au sous-sol. Tu trouveras dans le bureau là-bas un dossier contenant tous les codes de la maison et des pièces importantes.

Il voit mon air interrogateur.

— La salle de stockage des armes, le labo que je viens de mentionner, la salle de sport et la morgue.

Je ne peux retenir mon exclamation surprise cette fois-ci.

— Une morgue ? Dans cette maison ?

Il me lance un regard étrange.

— Évidemment. Ton employeur actuel n'en a pas ?

Je secoue la tête.

— Nous jetons les corps ou les laissons là où ils sont.

Il claque la langue sur son palais.

— Quel gâchis. On peut en apprendre tellement sur la mort en étudiant les corps. Et on ne sait jamais quand on peut avoir besoin d'un cadavre bien placé pour envoyer un message à quelqu'un.

C'est logique, dans un sens, mais, en même temps, ai-je envie de vivre au-dessus d'une morgue ? Je suis un assassin, me rappelé-je. La seule chose que je ne crains pas, c'est la mort. Il y a bien pire sur terre que le trépas.

— Je ne crois pas que mon *employeur*, déclaré-je, insistant bien sur ce dernier mot puisque je n'avais jamais appelé Brut ainsi, me laissera partir aussi facilement. Il a investi de l'argent pour moi, il m'a formée. Il n'acceptera pas que je parte et fonde ma propre agence.

— Ne t'inquiète pas pour ça, réplique l'homme peu concerné. Il ne te posera aucun problème. Tu devrais plutôt te demander qui tu vas embaucher. J'ai pas mal de travail pour toi, et tu ne pourras pas tout gérer toute seule. Tu peux commencer petit, mais j'attends de toi que tu aies un jour autant d'employés que ton responsable actuel.

« Employeur », « responsable », utilise-t-il des euphémismes volontairement ou bien croit-il vraiment que ça se passe comme ça ? « Esclavagiste » conviendrait mieux. « Propriétaire », aussi. Après tout, je n'ai jamais signé pour travailler avec lui. Et je n'ai aucun salaire. Cet homme espère-t-il que j'agisse comme Brut ou que je gère au contraire mes affaires différemment ?

— Tu trouveras tout ce dont tu as besoin dans le bureau, y compris ta première mission. Tu es libre de faire ce que tu veux, mais à une seule condition : celles que je te confie doivent être prioritaires sur les autres. En échange, tu obtiens cette maison, de l'argent et, bien sûr, une vie sans collier. Acceptes-tu ?

Pas besoin d'y réfléchir à deux fois. Non pas parce que j'approuve toutes ses promesses sans réserve. Je pense qu'il va les rompre un jour. Mais je suis douée pour doubler les gens. Très douée. Et quoiqu'il puisse en penser, je suis aussi très douée pour prendre soin de moi.

CHAPITRE 1

SIX MOIS PLUS TARD

Il pue la sueur et la peur. Je croise les jambes, les pieds posés sur le bureau derrière lequel je suis assise. « Vautrée » serait sans doute plus correct. De la boue coule des semelles de mes chaussures. Je vais devoir nettoyer plus tard, mais ça marche du tonnerre pour l'allure de dure à cuire que j'essaie de dégager. On ne déconne pas avec moi. Je me fiche des règles, des conventions et des codes vestimentaires. Si l'homme en face de moi est vêtu d'un costume impeccable, je porte pour ma part ma tenue habituelle : legging en cuir et tunique. Un legging, car ça ne gêne pas les mouvements quand il faut se battre ou sauter d'un bâtiment à l'autre, et une tunique, parce que c'est plus long qu'une chemise, ce qui laisse plus d'espace pour des poches secrètes. Tout en noir, bien sûr. Les taches de sang sont une vraie plaie à nettoyer. Je suis pragmatique.

Mes cheveux sont cachés sous la casquette noire que je porte depuis peu. Je trouve qu'elle me confère un air mystérieux, même si Lily n'arrête pas de me répéter de l'enlever. Cette fille n'a aucune notion de mode quand il s'agit de transmettre un message. Un message de danger, dans le cas précis. « Évitez de m'énerver », voilà ce que dit ma tenue. Surtout les bottes boueuses sur le bureau.

L'homme se racle la gorge.

— Vous m'avez été chaudement recommandée, marmonne-t-il, comme s'il n'est pas sûr d'être en droit de parler.

Je hausse un sourcil.

— Par qui ?

Il écarquille les yeux. Typiquement comme une biche surprise par un chasseur. Il a peur, mais pas seulement de moi.

— Des contacts, réplique-t-il, évasif. Votre prix sera le mien.

Tout à coup, mes services viennent de devenir dix fois plus cher qu'en temps normal. J'aime les clients fortunés. Ils se fichent de mes dépenses, contrairement aux personnes moins aisées.

— Qu'est-ce que je peux faire pour vous ? demandé-je en l'étudiant de près.

Il n'a pas l'air d'être le genre d'homme à fréquenter régulièrement des assassins. Il ressemble plutôt à un employé classique qui n'entendait parler d'histoires louches que dans les journaux.

— Mon frère s'est fait tuer. Je voudrais que vous découvriez qui a fait ça.

Voilà qui attire mon attention. Je me redresse un peu.

— Vous n'êtes pas au bon endroit, monsieur, répliqué-je avec une pointe de condescendance. Je ne déniche pas les assassins. Je les *envoie*.

Il a un mouvement de recul.

— Quand vous aurez trouvé qui a tué mon frère, vous pourrez vous charger de lui avec grand plaisir.

Je fais la moue, réfléchissant. Ce n'est pas une requête habituelle. À vrai dire, c'est la première fois. Depuis six mois que je suis à mon compte, avec beaucoup de réussite d'ailleurs, personne ne m'a demandé de repérer un assassin.

— Et s'il s'avère que c'est l'un de mes tueurs ? l'interrogé-je en ôtant mes pieds du bureau pour fouiller mes dossiers. Comment s'appelle-t-il ?

— Je ne pense pas que ce soit l'œuvre d'un professionnel, marmonne-t-il, sans me regarder dans les yeux. C'était très violent et ça n'avait pas l'air prémédité.

Il hausse légèrement les épaules.

— Il y avait beaucoup de sang.

Intéressant. Il a raison, ça ne ressemble pas à du boulot d'assassin professionnel. Nous tirons une immense fierté de notre capacité à laisser une scène de crime aussi nette que possible. Hors de question de faciliter le travail de la police.

— Comment s'appelle-t-il ? répété-je.

— Winston Kindler. 14 B, rue des Négociants. Il possédait un magasin de bonbons.

Une confiserie ? Je devrais me charger de cette affaire moi-même. C'est alléchant.

Je parcours mes fiches, mais je sais déjà que je n'y trouverai aucun M. Kindler. Même si je ne suis pas la seule à effectuer les missions, je suis la seule à rencontrer les clients. Je connais les noms de toutes nos cibles.

— Que fait la police ? demandé-je distraitement.

— Rien, réplique-t-il d'une voix empreinte de colère. Ils sont convaincus qu'il s'agit d'un vol, mais il avait toujours son portefeuille. La caisse a été vidée, mais le coffre n'a pas été touché. Et comme ça s'est passé en début de journée, il ne devait pas y avoir grand-chose dans la caisse de toute façon. Ce n'est pas logique.

J'opine.

— Admettons que j'accepte cette affaire. De quel genre de rémunération est-il question ?

Pour la première fois depuis qu'il est entré dans mon bureau, il sourit.

— Un chèque en blanc, ça vous dit ?

* * * * *

Il y a une tête dans le frigo. Encore. Je soupire.

— Lily ! hurlé-je. Je t'ai déjà dit de ne pas mettre des morceaux de cadavres dans la cuisine !

Mon amie éclate de rire.

— Tant que tu n'auras pas réparé la chambre froide de la morgue, on ne pourra les stocker que dans le frigo.

Je gémis. Cela fait deux mois que nous avons des soucis avec la ventilation de cette pièce. Chaque fois que je la pense réparée, elle arrête à nouveau de fonctionner. On pourrait croire que le sous-sol est hanté.

— Je m'en charge, affirmé-je. Nous avons un nouveau client, très riche, donc je vais pouvoir payer un artisan professionnel cette fois-ci.

Plutôt que l'Écossais du bout de la rue qui l'a fait gratuitement en espérant avoir un baiser de Lily en échange. Je pense qu'il a empiré les choses. Et n'a pas eu droit à son baiser non plus. Lily n'aime pas les hommes, même si elle ne leur avoue que rarement. Elle aime se servir de son apparence à son avantage.

Je ferme le frigo. Je n'ai pas très envie de regarder plus longtemps les yeux de cette femme morte. L'œil, pour être exacte, puisqu'il manque le deuxième. Bien que ce ne soit pas suffisant pour m'empêcher de manger, ce n'est pas franchement appétissant.

— En attendant, va acheter un deuxième frigo, dis-je à Lucy. Vu comme tu t'en sers souvent, je pense que nous pouvons nous permettre cette dépense.

Elle me fait un grand sourire. Elle aime bien jouer avec ses proies quand elle en a l'occasion. Parfois, cela veut dire prélever diverses parties du corps et les ramener chez elle afin de les envoyer plus tard à la famille de sa cible. C'est diabolique, et pourtant, Lucy est vraiment une très gentille fille. Elle a juste des accès de violence.

— Qu'est-ce qu'on mange ce soir ? demandé-je, consciente qu'il n'y a rien de comestible dans le réfrigérateur.

— Benjamin va prendre quelque chose avant de rentrer, dit-elle en haussant les épaules. Il n'est pas encore là, alors nous allons devoir attendre un peu. Tu as faim ?

— Je pourrais avaler un dinosaure.

Elle éclate de rire.

— Je ne crois pas qu'il y en ait au menu. Allons voir ce qu'il y a dans le salon. Je crois qu'il reste un demi-paquet de chips d'hier soir.

— Plus maintenant, déclaré-je sans la regarder.

Les mains sur les hanches, elle me fusille du regard.

— Gloutonne.

Je hausse une épaule en réponse.

— Elles étaient là. Je suis un assassin, je règle leur sort aux choses. Même si ce ne sont que des chips. Ce sont des pommes de terre mortes, ni plus ni moins.

Elle pouffe.

— Alors, que veut ce nouveau client très riche ? Celui qui va nous payer notre nouvelle chambre froide ?

Je la suis dans le salon, où elle trouve comme par magie une barre de chocolat et quelques cacahuètes. Comme elles ont l'air trop sèches à mon goût, je me contente du chocolat pour l'instant.

Nous nous installons sur le grand canapé. Ce ne sont pas mes meubles. Enfin, je ne les ai pas payés. Ils étaient fournis avec la maison. Je compte en acheter qui soient un peu plus de mon style un jour, mais nous ne roulons pas sur l'or. Lorsque l'homme mystérieux a proposé d'injecter un peu d'argent pour m'aider à démarrer mon entreprise, il parlait d'une toute petite seringue, et l'essentiel m'a servi à financer ma sortie de la Meute. Je ne devrais pas me plaindre, cela dit. J'ai une maison, un bureau, et aussi une morgue. Tout ce que je n'avais pas avant. Et je me suis même débarrassée du collier. Donnant-donnant.

— Il veut que je découvre qui a assassiné son frère, avoué-je, avec une certaine désapprobation.

— Eh bien, c'est nouveau, ça, s'amuse Lily. Alors… tu ne vas tuer personne ?

Je hausse une épaule.

— J'ai l'autorisation de me charger du tueur si je le trouve.

— C'est bizarre. Pourquoi venir te voir ?

— Aucune idée. Peut-être que la Meute a refusé sa demande. Peut-être qu'il n'a entendu parler que de moi et pas des autres assassins en ville. Je n'en sais rien du tout, mais le salaire vaut bien toutes ces interrogations.

Elle hausse un sourcil.

— Combien ?

Je réponds d'un clin d'œil insolent.

— Assez. Nous allons pouvoir réparer la maison, nous payer des salaires décents et nourrir quelques chats errants en même temps.

Lily se marre.

— Il faut que tu arrêtes de faire ça. Il y avait deux chatons sur le perron ce matin qui espéraient avoir à manger. Je pense qu'ils ont compris qu'ils peuvent venir ici s'ils ont faim. C'est de ta faute.

— Je n'y peux rien. C'est dans ma nature d'aider mes camarades félins.

Elle me sourit.

— Je ne suis pas un félin, et pourtant tu m'as aidée.

Je soupire.

— D'accord, les amis aussi. Les amis félins et non félins. Ça te va mieux ?

— Oui. Alors, comment vas-tu dénicher ce tueur ? Tu n'as aucune expérience pour mener l'enquête.

— Je vais bien trouver quelque chose. Je vais commencer par

inspecter la scène de crime et chercher des témoins. C'est ce qu'ils font dans les livres.

Elle rit encore une fois.

— Je suis sûre que tu vas tout déchirer. Si tu as besoin d'aide, n'hésite pas, même si je suis plutôt occupée avec ma cible actuelle. Il est rasoir, mais il aime sa nouvelle copine.

Elle pouffa.

— Quel dommage qu'elle ne soit pas réelle.

Elle a un grand sourire aux lèvres. Lily est une prédatrice qui aime jouer avec sa proie avant de lui régler son compte. Elle adore rendre les hommes fous d'elle puis les tuer dès qu'ils comprennent qu'ils ont été dupés. Leur briser le cœur avant d'y plonger une lame. Elle est malveillante, d'une manière très amusante. Comme nous tous. Nous, c'est mon équipe d'assassins parias et de voleurs hétéroclites. Pour l'instant, nous sommes quatre, mais nous nous sommes déjà fait un nom. Notre réputation grandit à chaque meurtre, et nous sommes très efficaces dans notre domaine. Six mois plus tôt, j'étais une esclave bossant pour la Meute parce qu'ils m'avaient mis un collier. Je n'en reviens toujours pas. Maintenant, je suis ma propre patronne. Une femme d'affaires. Je travaille pour moi, je me paie, j'emploie même des gens. Et aucun d'eux n'a de collier. Ils sont là parce qu'ils ont choisi de l'être.

Je bâille, rattrapée par ma fatigue. Je me suis couchée tard hier soir à courir sur les toits de la ville pour vérifier le lieu où nous planifions un assassinat. Je vais sans doute transmettre cette mission à quelqu'un d'autre, maintenant que j'en ai reçu une plus lucrative. Ce meurtre étrange vient de devenir prioritaire. Nous avons besoin de cet argent.

— Je vais me coucher, annoncé-je.

Tous mes abdos durent travailler ensemble pour me lever de ce canapé, bien trop bas et moelleux. Dès que j'aurai résolu ce meurtre, je m'achèterai un nouveau canapé.

— Fais de beaux rêves, lance Lily, un sourire insolent aux lèvres. Je vais peut-être aller m'amuser un peu.

Je la laisse au salon et monte l'escalier, m'approchant de l'échelle menant au grenier. Je souris en me souvenant de ma première visite dans cette maison. À l'époque, je me disais que ça ferait un agréable foyer. Que le grenier ferait une chambre parfaite. Et maintenant, c'est la mienne.

Je grimpe à l'échelle et la range, fermant la trappe. J'aime mon intimité. Ces derniers mois, cette pièce est devenue mon sanctuaire personnel. De gros coussins jonchent le sol recouvert de dizaines de tapis. Des étagères sont fixées au plafond incliné, mais ce que je préfère dans cette chambre, c'est le hamac accroché entre deux grosses poutres. Je me change rapidement, enfilant une tenue confortable, puis vérifie que la fenêtre est bien fermée. J'ai déjà pénétré dans cette pièce en brisant la vitre, alors je sais combien ce serait facile pour d'autres de faire de même. Cela dit, quand je l'ai réparée, j'y ai fait mettre un verre très épais. Cela devrait empêcher quiconque d'y mettre un grand coup de pied.

Un petit bruit à l'extérieur me fait ouvrir la fenêtre.

Quelqu'un miaule tout bas. Je me penche et repère le chaton accroché au cadre. Il devait courir sur les toits avant de se retrouver coincé au-dessus de la lucarne. Pauvre petit gars. Je tends la main et ronronne. J'aimerais autant qu'il ne me griffe pas.

Ses oreilles s'agitent quand il réalise que c'est moi qui fais ce son apaisant. Il doit être un peu perturbé par cette humaine faisant des bruits de chats. Ils le sont toujours.

Lentement, il s'avance dans ma main, où il rentre parfaitement. Je le porte gentiment jusque dans la chambre et le pose au sol. Il me dévisage de ses grands yeux jaunes.

— Et maintenant ? demandé-je. Je ne vais pas te porter jusqu'en bas. Tu vas devoir dormir avec moi ce soir.

Il feule. Je sais qu'il m'a comprise.

— Désolée, lui dis-je. Je suis fatiguée. Ce n'est pas de ma faute si tu t'es retrouvé coincé.

Pas totalement égoïste non plus, je prends une bouteille d'eau et en verse un peu dans un bol, que je pose au sol. Au moins, le chaton aura de quoi boire.

— Il est temps de dormir, déclaré-je en bâillant.

Je monte dans mon hamac et m'envole directement pour le pays des songes.

CHAPITRE 2

— $\mathcal{M}$iaou. Miaou.

Je cligne lentement des paupières en m'éveillant et découvre de grandes pupilles jaunes cerclées de noir. Des moustaches me chatouillent les joues.

Je gémis et ferme à nouveau les yeux. C'est encore bien trop tôt, il me semble.

— Miaou.

— La ferme, grommelé-je en enfouissant ma tête sous un oreiller.

En réaction, le chaton commence à faire ses griffes sur mon tee-shirt. Génial. Un réveil muni de griffes. La pire invention au monde.

— Dégage, grogné-je.

Mais le chat ne bouge pas. Il doit avoir faim.

Je prends une grande inspiration. C'est un mâle. En temps normal, je ne laisse aucun mâle accéder à mon lit. Je dors avec eux dans le leur et je déguerpis avant le lever du jour. C'est la règle. Pas d'attaches. Par chance, ce petit mâle-ci n'est pas humain.

— Miaouuuu.

— Bon, d'accord.

Avec un soupir mélodramatique, je me redresse. Ce mouvement surprend le chaton, qui bascule et atterrit sur mes cuisses avec un miaulement indigné.

Je ne m'excuse pas. Après tout, c'est sa faute s'il se tient sur ma poitrine.

Avec un bâillement bruyant, je le récupère et me laisse tomber du hamac. D'habitude, je m'habillerais, mais le chaton n'arrête pas de me réclamer à manger. Je suis vraiment trop manipulable.

Je l'emmène en bas, dans la cuisine. C'est le calme plat dans la maison, on dirait que je suis la première réveillée.

— Ne regarde pas, l'avertis-je en ouvrant l'un des placards, révélant ma réserve de pâtée pour chats.

C'est mon petit secret coupable. Même moi, je trouve l'odeur alléchante, mais je maîtrise suffisamment mon côté bestial pour résister à la tentation. J'en verse un peu dans un bol et le donne au chaton. Il commence à manger avec avidité, et je ne peux réprimer un sourire amusé.

Pendant qu'il savoure son petit déjeuner, je me prépare des haricots blancs en sauce sur du pain grillé. Aujourd'hui, j'en ai besoin. Au fond, ça ressemble presque à de la pâtée. Je ne sais pas si ça rend les haricots plus ou moins appétissants.

— Miaou.

Il a déjà terminé son repas et on dirait qu'il a toujours faim. Les chats. Ces petits salauds insatiables.

Souriant, je lui en remets un peu. J'ai envie de lui donner un nom, mais il en a sans doute déjà un. Il faudrait que je me transforme pour le découvrir, sauf que je ne suis pas d'humeur. Je sais que les chats me comprennent quand je suis sous forme humaine, cependant, pour ma part, je ne saisis que les intentions transmises par leurs miaulements, pas de vrais mots, donc encore moins des noms.

Je me métamorphoserai éventuellement plus tard. Il sera peut-être parti d'ici là, par contre. À moins que Lily n'ait raison quand elle dit que je suis en train d'attirer tous les chats du quartier avec ma nourriture. Je ne peux pas m'en empêcher.

Tout à coup, une pensée me traverse l'esprit, et je miaule presque moi-même. Je crois que je viens d'avoir la plus brillante des idées.

Je m'accroupis afin d'être plus près du chaton. Il m'ignore, trop occupé à finir les miettes. Je ne sais pas comment il a fait pour dévorer deux boîtes de pâtée aussi vite. Même moi, ça m'aurait pris plus longtemps.

— Salut, petit, dis-je tout bas. On peut faire un marché ?

Ses oreilles oscillent, mais il continue à manger.

— En échange de nourriture chaque jour, tu ferais des missions pour moi ? Il faudrait te rendre à certains endroits et me dire s'il y a des humains, ce genre de choses.

Je le sens y réfléchir un peu, toutefois, il est trop distrait par sa nourriture. Je soupire et attends qu'il ait terminé.

Il se passe la patte sur le museau et je me sens fondre. Il est trop mignon pour mon cœur froid d'assassin. Je ne devrais peut-être pas traîner avec des chatons. Ils vont me transformer en machine à paillettes.

— Alors, qu'est-ce que tu en dis ? Tu veux bien être mon espion ?

Même si je n'ai pas changé de forme, je sens son consentement, et je souris. Je viens de trouver un espion que personne ne suspectera jamais. D'accord, il ne pourra pas me rapporter les paroles des humains qu'il verra, mais il pourra faire un peu de reconnaissance. Les chats sont partout, et la plupart des gens ne font pas attention à eux. Rares sont ceux qui savent que je peux leur parler. Ça va être épique.

Je soulève le chaton et le porte jusqu'à l'entrée de la maison.

— Reviens demain. Je te donnerai à manger et une mission.

Il me dévisage avec une telle intelligence que je suis convaincue du succès de ma nouvelle idée.

L'image d'autres chats jaillit dans mon esprit. Je souris.

— Oui, tu peux faire venir tes amis aussi, si ça les intéresse.

Il fait volte-face et s'en va sans un regard en arrière. Les chats m'accordent en général plus d'attention qu'aux humains ; malgré tout, ils ne semblent ni en manque d'affection ni apprivoisés. Ils tiennent parole, cela dit. Ils sont peut-être sournois, mais au moins ils ne s'en cachent pas.

Je retourne à l'intérieur et mange mon petit déjeuner. Les haricots ont refroidi et le toast est détrempé, mais je m'en fiche. Dans ma tête, je prévois déjà mon réseau clandestin de chats espions. Il va me falloir commander plus de pâtées. Ça ne va pas plaire à Lily, cependant, elle verra très vite les avantages de cette situation. Je sais que ne pas aimer les chats fait partie intégrante de sa nature, et pourtant, elle s'est mise à m'apprécier. Je suis sa meilleure amie et elle est la mienne.

Bâillant, je dépose mon assiette dans l'évier, espérant que quelqu'un la nettoiera à ma place. La probabilité est très mince, mais ça ne m'empêche pas de tenter le coup. J'ai bien plus important à faire que m'occuper de la vaisselle sale.

Me mettant au travail au sous-sol, je pose comme toujours les pieds sur mon bureau et attrape le dossier sur le dessus de la bannette. À l'intérieur, une photo de la victime du meurtre me renvoie mon regard. L'homme a beau être encore en vie sur ce cliché, il arbore un air étrangement hanté et terrifié. Soit il était nerveux en général, soit il avait peur de la personne qui l'a pris en photo. Je fais un petit point d'interrogation à côté de l'image. C'est un bon point de départ.

La page suivante contient une brève déposition du frère de la victime. D'après lui, Winston Kindler était un homme tranquille et solitaire avec peu de passe-temps. Il allait pêcher de temps en temps, mais c'est à peu près tout. Il ne prenait ni drogue ni alcool.

Il ne faisait pas de paris non plus, *a priori*. Un type si ennuyeux que même son dossier me fait bâiller. Tout ce que Winston semblait faire de ses journées, c'était travailler à son magasin de bonbons et s'asseoir chez lui. J'imagine que je dois d'abord me rendre dans sa boutique.

Pour l'instant, rien n'indique qu'on puisse vouloir le tuer.

Je prends un carnet et y note des consignes à l'intention de Benjamin : *comptes bancaires, rapports de police, dossier médical.*

Benjamin est un voleur, le meilleur dans son domaine. Il me trouvera ces infos sans peine. Pas besoin de les demander aux gens. Les voler va bien plus vite. Peut-être que cela me donnera quelques pistes supplémentaires, aussi. En attendant, je vais devoir aller faire un tour sur la scène de crime, sa boutique. Rien de bien excitant. Pas aussi amusant qu'un bon vieux meurtre. Je me souviens alors du magnifique chèque en blanc, et je me dis que me rendre dans un magasin de bonbons va être formidable.

La boutique de Winston Kindler n'est pas fermée, contrairement à ce que je pensais. Non, des enfants font la queue jusqu'au bout de la rue. Si la plupart attendent patiemment en rang, d'autres sautillent avec excitation. Que se passe-t-il, bon sang ? Il n'y a pas école, aujourd'hui ? Parfois, je perds la notion du temps, pourtant je suis quasiment sûre que ce n'est pas le week-end.

Je me dirige vers une fille seule, qui a l'air un peu perdue.

— Qu'est-ce qui se passe ? lui demandé-je en indiquant le magasin d'un signe de la tête.

Elle me sourit timidement.

— Ils distribuent des bonbons gratuitement.

Je hausse les sourcils.

— Ah oui ? Pourquoi ?

Elle opine.

— Le propriétaire est mort. Dans son testament, il a dit d'offrir les bonbons aux enfants.

Elle me sourit, me dévoilant ses dents un peu ternies. Je suis tentée de lui dire qu'elle ne devrait pas manger davantage de confiseries, mais je me retiens. Elle ne m'écouterait pas, de toute façon.

Je la laisse dans la file et m'approche de l'entrée du magasin. Plusieurs enfants râlent en pensant que je cherche à couper la queue, mais personne ne m'affronte directement. J'ai beau diminuer au max mon aura « si tu me parles, je te tue », c'est difficile de m'en séparer totalement. Moins il y a de gens qui me connaissent, moins il y en a qui peuvent témoigner contre moi au tribunal. Ou me trucider.

Je dépasse des garçons chahuteurs et pénètre dans la boutique. C'est le rêve de tout enfant. De grands bocaux en verre remplis de bonbons de toutes les couleurs sont posés sur des étagères recouvrant tous les espaces disponibles. Ça sent le chocolat et la réglisse, et j'en oublie que j'ai déjà déjeuné.

Une jeune femme au comptoir est occupée à peser des friandises sur une balance en laiton ancienne. J'attends qu'elle les ait mises dans un sac en papier et tendues à l'un des garçons avant de m'approcher d'elle. L'enfant derrière moi se plaint tout bas que j'interrompe ainsi la file.

— Ce n'est que pour les enfants, madame, me dit la jeune fille.

Elle semble à peine sortie de cette période elle-même. Elle doit avoir dix-sept ans tout au plus. Son tablier est recouvert de sucre glace et de taches de sirop. Bien qu'elle soit d'apparence plutôt banale, ses yeux pétillent d'intelligence.

— Je ne suis pas venue pour les bonbons, déclaré-je en faisant de mon mieux pour masquer combien je déplore d'y renoncer.

J'espère vraiment qu'elle va quand même m'en offrir quelques-uns à la menthe.

— Je suis là pour le propriétaire, M. Kindler.

— Quelle tragédie, marmonne-t-elle. Il était tellement gentil avec tout le monde. Je ne vois pas qui pourrait vouloir le tuer.

— Vous savez que c'est un meurtre ? demandé-je, un peu surprise.

Elle hoche la tête.

— Oh, oui, nous sommes voisins. J'ai vu son corps.

Elle frémit.

— Ce n'était pas beau à voir. Mais n'en parlons pas devant les enfants.

Son regard se pose sur les garçons qui attendent derrière moi et qui écoutent, les yeux écarquillés. Cette histoire va très bientôt être LE sujet de conversation des cours d'école de la ville.

— Je suis d'accord. Vous prenez votre pause bientôt ?

Elle consulte l'heure sur sa montre, un bijou lourd et très cher. C'est étrange qu'une vendeuse en porte une comme ça. C'est un bijou de famille peut-être ?

— Officiellement, dans une heure, mais vu ce qu'il se passe, ça peut être plus long que ça. La nouvelle se répand vite, tous les gamins de la ville sont en chemin. Je ne serais pas surprise de devoir rester là toute la journée… ou jusqu'à ce qu'il n'y ait plus de bonbons. C'était adorable de la part de Win… M. Kindler de faire ça, mais ça me donne du travail.

Une ombre voile son visage un instant, comme si elle n'était pas impressionnée par son ancien patron. Je range ce détail dans mon esprit, avec son lapsus, quand elle a failli l'appeler par son prénom.

Je hoche la tête à contrecœur.

— Je reviendrai ce soir. Voilà ma carte, si jamais vous avez fini plus tôt.

Je suis très contente de ces cartes de visite. Il n'y figure pas grand-chose, juste mon adresse et un numéro de téléphone. Les assassinats ne sont mentionnés nulle part. Ce serait une faute de goût.

— *Miaou* ? s'étonne-t-elle en fronçant les sourcils.

— C'est le nom de ma boîte. C'est un acronyme.

Je ne lui dis pas de quoi, car je l'ignore moi-même. Depuis que j'ai eu l'idée de ce nom stupide, j'essaie de trouver une explication que je pourrais donner aux clients, n'importe quoi pour masquer le fait que ce n'est qu'une blague idiote. Je n'aurais jamais cru que mon entreprise décollerait, à vrai dire. Sinon j'aurais opté pour un nom un peu plus sérieux. Pour l'instant, je n'ai trouvé que Maîtresse Inégalée en Assassinats, et j'ajoute « Ovationnée Unanimement » quand je m'ennuie.

Elle met ma carte de visite dans la poche avant de son tablier, puis me lance un regard agacé, comme si elle se demandait ce que je fais encore là, à bloquer la foule d'enfants attendant leurs bonbons.

— À plus tard, lui dis-je, sur un ton plus menaçant qu'engageant.

Je n'ai pas pour habitude d'être aimable avec les gens. Ceux que je fréquente finissent morts, de toute façon, alors aucun intérêt à perdre du temps et de l'énergie à faire semblant d'être comme eux. Je peux être professionnelle, toutefois, aucun d'eux ne me décrirait jamais comme « gentille », j'en suis sûre. Agréablement détendue, peut-être. Serviable d'une manière glaciale. Tant qu'ils paient mes services, je me fiche de ce qu'ils pensent. Ils n'ont pas la moindre importance à mes yeux.

Je quitte la boutique en regrettant presque de ne pas repartir avec des bonbons à la menthe. L'odeur m'a donné faim. Mon petit déjeuner me semble remonter à une éternité. Mon métabolisme est devenu fou ces derniers temps. Je mange trois fois plus qu'avant. Peut-être parce que j'ai désormais de l'argent pour m'offrir autant de nourriture que je veux, ou peut-être parce que je ne porte plus de collier. C'est un peu agaçant de devoir passer du temps à trouver ou faire à manger plusieurs fois par jour, mais, dans le même temps, ça m'a fait réaliser combien j'aime la nourriture. Ce frisson de plaisir que je ressens face à une assiette bien dressée, aux arômes des plats inédits, au picotement des épices que j'ai découvertes sur un étal du marché. La nourriture n'est plus seulement un besoin primaire, pour moi, elle est devenue une passion.

C'est sans doute une bonne chose que ma nouvelle affaire se déroule dans une confiserie. Cela me donnera une excuse pour y retourner et peut-être prélever des échantillons dans les gros bocaux. Pour l'enquête, bien sûr.

CHAPITRE 3

'ignore pour l'instant la faim qui me tord le ventre et me dirige vers la maison du mort. Elle n'est pas très loin du magasin, à quelques rues à peine. Il empruntait un trajet agréable. Je suis presque jalouse.

Le quartier est joli mais ennuyeux. Des rangées de maisons identiques, petites et bien entretenues, avec leurs jardins bien tondus. L'image de quelqu'un assis dans l'herbe pour couper chaque brin à la même hauteur me donne un haut-le-cœur. Tellement désuet.

La maison de M. Kindler est l'une des cinq accolées dans une rue laide. On aurait dit que quelqu'un avait pris une parcelle et l'avait divisée en cinq sans se soucier de savoir si les logements seraient trop étroits pour y vivre. Je sais que M. Kindler habitait seul. De toute façon, il n'y aurait pas eu assez de place pour plus d'une personne dans cette tranche de maison.

Je fais une nouvelle vérification de la rue. Il n'y a personne, et aucun mouvement de rideau ne suggère que je suis observée. Tout le monde doit être au travail, à l'école ou je ne sais où, là où se rendent les gens normaux à onze heures du matin. Partis pêcher, peut-être. Qui sait. Je n'ai jamais fait partie des gens normaux. Je les tue, en général.

Une fois assurée que personne ne me regarde, je remonte sa minuscule allée, à peine assez large pour y garer un vélo, et sors une clé de ma poche. Rien n"indique que la police est venue ici. Il n'y a aucun ruban bleu et blanc, pas d'étiquette m'empêchant d'entrer. Ils ont dû décréter qu'il n'y avait pas de preuve digne d'être protégée dans cette maison. Voyons voir si j'en viens à la même conclusion. Ce ne serait pas la première fois que je me montre plus maligne que la police.

La porte s'ouvre en couinant. Un peu d'huile ne lui ferait pas de mal. À moins qu'il n'ait fait exprès de la laisser ainsi, pour en faire une sorte de sonnette d'alarme. Bizarrement, je ne pense pas qu'il ait eu cette façon de penser. La seule indication qu'il puisse ne pas être tout à fait l'homme ennuyeux décrit par son frère, c'est sa photo d'identité avec ses yeux hantés et son visage un peu apeuré. Ce n'est pas grand-chose. Peut-être que je surinterprète le cliché. Cela dit, mon instinct se trompe rarement.

Un petit couloir mène à un escalier recouvert d'un tapis, avec une porte de chaque côté. Je décide de commencer par la cuisine, sur la droite. Elle est modeste, mais je m'y attendais. Elle est aussi incroyablement bien rangée. Si propre qu'il n'a jamais dû y faire à manger. J'ouvre des meubles au hasard. Ils sont vides, pour la plupart. Ceux qui ne le sont pas contiennent des aliments de base, tels que du riz et du sucre. Dans le frigo se trouvent juste une canette de cidre et un morceau de fromage qui a connu des jours meilleurs. Tout cela prouve une nouvelle fois qu'il ne devait pas se servir souvent de cette pièce.

Après avoir ouvert d'autres tiroirs et portes sans rien découvrir, je me rends dans le salon, en face de la cuisine. Un canapé usé et une télévision posée sur un buffet en bois teint constituent les seuls meubles de la pièce. Pas de bibliothèque, d'halogène ou de tapis. Aucun coussin sur le canapé. Qui n'en a pas, sérieux ?

Je prends la télécommande sur le meuble et appuie sur des touches au hasard. Rien ne se passe. Je vérifie que la télé est bien branchée. L'électricité ne semble même pas marcher. Génial. Un salon avec rien d'autre à faire que regarder une télévision qui ne fonctionne même pas. M. Kindler devait être hyper ennuyeux. Ou pas du tout celui qu'il prétendait être.

Je lance la télécommande sur le canapé… et m'empresse de la récupérer. Je viens de remarquer un détail étrange, qui m'avait échappé jusque-là. Son poids n'est pas normal. Elle est trop légère. La tournant, j'ouvre le compartiment des piles. Il est vide. Pourquoi n'y a-t-il pas de piles dedans ? D'accord, si sa télévision ne fonctionnait pas, il n'avait pas besoin de télécommande. Mais pourquoi s'embêter à retirer les piles au lieu de les laisser simplement en place ?

Lentement, je passe le doigt sur le plastique noir. Il y a encore quelque chose qui cloche. Je ferme les yeux pour me concentrer sur mon sens du toucher. La vue peut mentir, mais le toucher rarement. Il y a quelque chose sous le compartiment des piles. Comme… une autre épaisseur. C'est malin. La soulevant, je découvre une clé dans le petit espace en dessous. C'est une clé métallique banale, qui pourrait ouvrir n'importe quoi. Je la récupère et la glisse dans ma poche. Avec un peu de chance, je trouverai la serrure bientôt. Cette affaire devient légèrement plus intéressante.

Maintenant que je sais que tout, dans cette maison, n'est peut-être pas ce qu'il paraît, je continue mon exploration avec un peu plus d'enthousiasme. Il n'y a rien d'autre dans le salon, mais lorsque je retourne l'un des tiroirs de la commode, dans la chambre, je souris. Bingo. Une enveloppe est collée dessous. Je suis un peu déçue de n'y trouver que de l'argent, jusqu'à ce que je le compte. Cela fait *beaucoup* d'argent pour un propriétaire de confiserie. Bon sang, c'est même plus que ce que mon mystérieux bienfaiteur m'a donné. Avec ça, je pourrais réparer la maison *et* offrir des vacances à tout le monde. Heureusement que personne ne peut voir mon sourire sournois. Je suis habituée à garder un visage neutre, cela dit, il est très difficile de rester impassible face à un millier de darems. Je fourre l'enveloppe dans une poche cachée dans la doublure de mon manteau et remets le tiroir en place. Je l'ai trouvé, je le garde.

Ce que j'aimerais vraiment découvrir, c'est ce qu'ouvre cette clé. Un coffre ? Un tiroir secret ? Une porte vers une pièce inconnue ? Malheureusement, il n'y a pas la moindre serrure verrouillée dans toute la maison. Ce qui est étrange en soi. Même dans son petit bureau, tous les tiroirs sont déverrouillés. J'y trouve un peu plus d'argent, mais comparé à celui qui était caché dans sa chambre, c'est trois fois rien. Cette somme-ci correspond en revanche à ce que l'on s'attend à trouver chez un gentil propriétaire de confiserie. Assez pour payer les factures et les dépenses imprévues, mais rien de trop extravagant, pour ne pas éveiller les soupçons. Voilà ce que m'évoque toute cette maison. Elle est banale, virant au stéréotype, conforme à ce qu'on pense. Ce qui me donne encore plus envie de dénicher quelque chose de compromettant. Personne ne peut être ennuyeux à ce point. Surtout pas quelqu'un qui s'est fait tuer.

Dans les tiroirs de son bureau sont rangés quelques factures et reçus. J'en bâille d'ennui. J'ai les mêmes dans ma bannette. J'aime bien les ignorer. Elles me filent la migraine. M. Kindler avait l'air de faire comme moi. Certaines factures remontent à l'année précédente, et il ne semblait même pas les avoir sorties du tiroir.

Après un dernier tour dans sa maison, je me rends dans le jardin de derrière, parfaitement entretenu. C'est ni plus ni moins qu'une simple bande d'herbe menant au plus petit cabanon que j'aie jamais vu. Il est si bas que je dois baisser la tête pour y entrer, alors que je ne suis pas la plus grande des femmes. À l'intérieur se trouvent une tondeuse et quelques outils dont je ne saurais pas quoi faire. Je n'ai jamais eu de jardin et je ne compte pas en avoir de sitôt. Jardiner, ce n'est pas mon truc.

J'imagine bien Winston Kindler ici. Agenouillé sur un petit tapis en mousse et coupant son herbe aux ciseaux, à la longueur parfaite. Ennuyeux. J'ai essayé de mettre des plantes dans la maison pour la rendre plus chaleureuse, mais elles sont toutes mortes. C'est surtout moi qui les ai tuées. Les vieilles habitudes ont la vie dure. Kat, la tueuse de plantes. Oui, c'est tout moi. Encore un titre à ajouter à ma carte de visite. Ce serait sans doute plus facile à expliquer que « Miaou ».

Quelque chose me dérange dans ce cabanon, et je balance tous les outils à l'intérieur jusqu'à ce que l'endroit soit vide. Malheureusement, je n'y trouve aucune cachette secrète. Pas même une trappe. J'adore les trappes, mais elles se font rares, de nos jours.

Déçue, je remets tout dedans, sans soin. Je n'en ai rien à faire que le cabanon semble avoir été balayé par un tremblement de terre. La dernière chose que je rentre, c'est la tondeuse. Rouge vif, elle me fait bizarrement penser à une coccinelle. Lorsque je la soulève pour la remettre dans le cabanon, quelque chose attire mon attention sur le cordon d'alimentation. Des chiffres sont griffonnés sur un ruban adhésif orange.

3 9 5 7 2 0 4

S'ils avaient été imprimés sur le câble, j'en aurais déduit qu'il s'agissait d'un code-barres ou d'un truc du genre. Mais non, ils ont été écrits au marqueur par une main tremblante et incertaine. Je les note sur mon petit carnet, espérant que ce soit la combinaison d'un coffre, ou de quelque chose de tout aussi excitant. Avec ma veine, il a peut-être juste inscrit ses chiffres préférés, mais à cet endroit-là parce qu'il en avait marre d'être un gentil propriétaire de confiserie ennuyeux.

Je soupire. Je dispose maintenant d'une clé et d'une suite de chiffres sans savoir quoi en faire. J'ai exploré toute la maison et le jardin — bien qu'il n'y ait pas grand-chose à explorer à part le cabanon —, mais je n'ai rien trouvé d'intéressant. Mis à part que l'endroit n'a pas vraiment l'air habité. Il n'y a pas de coussins sur le canapé, le frigo est vide, les draps sont neufs et les outils de jardin semblent n'avoir jamais servi. Un peu comme si Winston Kindler vivait ailleurs et ne se servait de cette maison que comme d'une façade. Toutefois, pourquoi quelqu'un ferait-il ça ? Cela n'a aucun sens. Je trouverai peut-être plus de réponses dans le magasin de bonbons.

CHAPITRE 4

Je m'achète un sandwich sur le chemin, consciente que la confiserie me donnera encore plus faim. Je ne vois pas comment on peut travailler là-dedans sans devenir énorme. Je me ferais sans doute virer dès le premier jour pour m'être bien trop servie dans les bocaux. Peut-être que mon obsession vient du fait que je n'ai jamais mangé de bonbons, enfant. Maintenant que je peux décider quoi manger et quand, le sucre occupe une grande place dans mon régime.

Il y a encore des enfants attendant devant le magasin, mais la file s'est nettement réduite. Les ignorant, j'entre à l'intérieur de la boutique, trop impatiente pour poireauter davantage. La jeune fille est toujours derrière le comptoir et a l'air épuisée. Ce n'est pas étonnant, puisqu'elle a passé sa journée à servir des bonbons. Au moins, j'ai pu étudier le quartier.

Elle soupire dès qu'elle me voit.

— Je n'ai pas encore fini.

— Est-ce que je peux vous attendre quelque part ?

Elle pousse un nouveau soupir.

— Dans le petit bureau, là-bas. Ne touchez à rien. Je vous rejoins au plus vite.

Je lui fais un sourire agréable et la suis jusqu'à la pièce en question, située juste derrière le magasin. Elle n'exagérait pas en la qualifiant de « petite ». Elle se compose en tout et pour tout d'une table de travail, d'une étagère et d'un vieux fauteuil en cuir qui semble sur le point de s'écrouler. L'étagère croule sous les chemises et les papiers. Rien à voir avec le bureau de M. Kindler chez lui. Cette pièce au moins semble avoir servi régulièrement. Du courrier et des factures jonchent le bureau.

La jeune fille est retournée dans la boutique et, comme je l'entends parler aux enfants, rien ne m'empêche de fureter. A-t-elle demandé à ce que je ne touche à rien ? Non, je ne crois pas. Cette consigne a dû s'effacer de ma mémoire.

Les documents sur le bureau n'ont rien d'intéressant. Des factures d'électricité, des billets de train, des commandes de grandes quantités de bonbons. Rien d'inhabituel du tout. Je me penche alors sur les deux tiroirs. Ils sont remplis à ras bord de tas de feuilles, rangés en toute anarchie, sans système de classement. On dirait que le propriétaire des lieux les a balancés dans le tiroir en espérant qu'ils se trieraient tout seul. Même si je trouve ça presque attachant, ça complique mon travail.

Le tiroir du bas, c'est une tout autre histoire. Il ne contient qu'une petite boîte en métal fermée à clé. Les profits du magasin, peut-être ? Il n'y a aucune clé et, malheureusement, la serrure est trop petite pour correspondre à celle que j'ai trouvée chez Winston Kindler.

Je secoue la boîte. Le bruit de pièces cognant les parois confirme mes soupçons. Aucun doute, il y a de l'argent là-dedans. Peut-être que la fille a la clé.

Déçue de ne rien trouver d'excitant ou de compromettant, je me tourne vers l'étagère dans mon dos. Et je soupire. Quel chaos. Des chemises de toutes les formes et de toutes les tailles, quelques livres abîmés et un tas de vieux papiers. Comment est-on censé s'y retrouver dans un tel bazar ?

Au hasard, j'attrape un dossier bleu et le feuillette. Les

inventaires d'il y a dix ans. Il est sérieux, là ? Pourquoi aurait-il besoin de savoir combien de bonbons à la menthe et de caramels il avait commandés dix ans plus tôt ? Peut-être qu'il ne faisait jamais de tri. Peut-être qu'il affectionnait les inventaires. Qui sait. Je m'en fiche, en fait.

Les autres chemises ont l'air tout aussi inintéressantes. Je pense que je devrais m'en tenir à tuer les gens.

La fille vient me sauver de mon ennui. Quand je l'entends fermer boutique, je remets en vitesse la chemise où je l'ai trouvée. Enfin, plus ou moins. Personne ne verra la différence dans ce chaos, de toute façon.

Je croise les jambes pour me donner l'air innocente. La jeune fille s'arrête devant le bureau et me lance un regard soupçonneux.

— Vous avez touché à quelque chose ? demande-t-elle, les sourcils froncés.

Je lève les mains.

— Vous m'avez dit de ne pas le faire.

— Vous n'avez pas répondu à ma question, réplique-t-elle avec un soupir.

Elle se laisse cependant tomber sur le deuxième fauteuil de la pièce, l'air vraiment épuisée. Rien d'étonnant, puisqu'elle a affronté toute la journée des enfants avides de bonbons.

— Ça doit être dur, de gérer tout toute seule, dis-je, tentant d'être gentille.

J'ai entendu dire que c'était parfois plus efficace que les menaces. On va bien voir. Je ne suis pas franchement convaincue.

Elle hausse les épaules.

— Ce sera bientôt terminé. Maintenant que la plupart des bonbons sont partis, je vais essayer de me débarrasser des derniers, puis la boutique sera mise en vente. Je vais devoir me trouver un nouveau boulot.

Elle a l'air défaitiste. Elle semble avoir perdu courage.

— Il ne vous a rien laissé ? demandé-je aimablement. C'est lui qui souhaitait que la boutique soit vendue ?

Elle opina.

— Il comptait vendre l'année prochaine, de toute façon. Il ne m'a jamais dit pourquoi. Les affaires marchaient bien. Les gamins l'adoraient. D'accord, surtout parce que les prix étaient bas, et non parce qu'il était particulièrement gentil avec eux, mais quand même. Ils revenaient sans cesse dépenser leur argent de poche dans notre magasin.

Elle se reprend très vite.

— Dans son magasin.

J'ai pitié d'elle. Je suis presque tentée de lui proposer du travail, mais je ne suis pas sûre qu'elle soit faite pour mon domaine d'activité.

— Comment vous appelez-vous ? lancé-je tout à coup, réalisant que je ne le lui ai jamais demandé.

Oui, je sais, mes compétences sociales craignent.

— Caitlin, répond-elle avec un sourire. Caitlin Baumann. Vous ne m'avez jamais donné votre nom, vous non plus.

Je le lui rends et poursuis sans tenir compte de sa question.

— Parlez-moi de M. Kindler. Il était quel genre de patron ?

Elle hausse les épaules.

— Il me payait toujours en temps et en heure. Il ne s'énervait et ne criait jamais. Il attendait de moi que je fasse correctement mon travail, mais il était compréhensif si j'avais besoin de prendre une journée pour surveiller mes petits frères.

— Avait-il des problèmes d'argent ?

Caitlin secoue la tête.

— Non, je ne pense pas. Ou si c'était le cas, il n'en a jamais parlé. Comme je vous l'ai dit, il m'a toujours payé mon salaire, et je gagnais plus qu'ailleurs. J'aimais travailler pour lui.

Ennuyeux. Ennuyeux. Ennuyeux. Je dois me rappeler le chèque qui m'attendra à la fin de cette mission pour m'empêcher de fuir en courant. Je ne suis pas faite pour enquêter. Je suis bien plus douée pour tuer. Ça évite d'avoir à discuter avec les gens et de faire semblant de s'intéresser à leurs réponses.

Je soupire.

— Il doit bien y avoir quelque chose pour que quelqu'un ait voulu le tuer.

Elle secoue à nouveau la tête.

— Je ne vois vraiment pas, et croyez-moi, j'ai essayé de trouver une explication à son meurtre. Il ne parlait jamais de sa vie privée, mais il m'a toujours donné l'impression d'être un homme heureux sans trop de soucis. S'il en avait, il le cachait bien.

C'est à mon tour de soupirer.

— Donc vous ne savez vraiment pas pourquoi il a été tué ?

— Non. C'est autant un mystère pour moi que pour vous, réplique-t-elle sèchement. Mais avec sa mort, j'ai perdu toutes mes chances d'avoir un boulot stable et un salaire, alors je ne suis pas ravie, loin de là. Je n'aurais jamais souhaité sa mort, si vous comptiez me poser la question.

Je m'adosse à la chaise de bureau inconfortable. J'aimerais vraiment être ailleurs. Je devrais peut-être demander à mes employés de se charger de la suite de l'enquête. Je peux leur filer une augmentation s'ils dénichent le meurtrier. Ça devrait suffire à les motiver. Argh.

— Ce que je trouve étrange, cela dit, c'est qu'il ait voulu que je me débarrasse de tous les bonbons, déclare-t-elle soudain. J'aurais pu les vendre à un bon prix ou les donner au prochain propriétaire. Certains bocaux venaient d'être ravitaillés, et ils sont vides à présent. Ces enfants ont embarqué pour plusieurs centaines de darems, aujourd'hui.

Ça devait lui faire mal de voir cet argent s'envoler par les fenêtres. Elle serait bientôt sans emploi, et M. Kindler ne lui avait rien laissé.

J'ajoute ce détail à ma liste des comportements étranges de Winston Kindler. Elle s'allonge dès que j'en apprends un peu plus sur lui.

— Verriez-vous un inconvénient à ce que l'un de mes assistants vienne jeter un coup d'œil dans ces dossiers demain ?

demandé-je. Ça vous rendrait service aussi, car il pourrait mettre un peu d'ordre dans ce bazar.

Elle regarde autour d'elle comme si elle ne réalise que maintenant le chaos régnant dans la pièce.

— Ça n'a pas toujours été aussi en bazar, commente-t-elle. Il aimait que tout soit parfaitement rangé et propre. Tout a changé il y a quelques mois. Comme s'il ne s'intéressait plus aux finances du magasin. C'est à ce moment-là aussi qu'il a commencé à parler de vendre. Il n'en avait jamais parlé avant. J'ai toujours cru qu'il gérerait la boutique jusqu'à sa retraite.

— Il y a quelques mois ? Vous vous souvenez quand, exactement ? demandé-je en notant rapidement ce qu'elle venait de mentionner.

Enfin quelque chose ressemblant à une piste.

Elle fronce les sourcils.

— C'était en hiver, il neigeait. Je pensais au fait que je ne pourrais pas chauffer notre maison sans ce boulot. Elle est très dure à chauffer.

Vous m'en direz tant. J'adore ma grande maison, cela dit, c'est compliqué de la garder chaude l'hiver. Le bois coûte trop cher pour que nous puissions en acheter assez afin de faire fonctionner toutes les cheminées.

— En janvier, je dirais. Oui, ça devait être en janvier.

Je souris.

— Merci, ça va m'être utile. Y a-t-il autre chose qui vous a paru étrange à cette époque ?

Elle secoue la tête.

— Non. C'est pour ça que j'ai été aussi surprise d'apprendre qu'il voulait vendre la boutique. Il n'y a eu aucun signe avant, absolument rien. C'est sorti de nulle part.

Je me lève et je manque de gémir. Ce siège était vraiment inconfortable. Il va falloir que je m'étire, maintenant. Ou, mieux, que je coure.

— Si quoi que ce soit vous revient, tenez-moi au courant.

Je lui tends une nouvelle carte de visite, au cas où elle aurait déjà perdu l'autre.

— Et bonne chance pour votre recherche d'emploi.

— Merci. Il n'y en a pas beaucoup dans cette ville.

Je suis presque à la porte quand je pense à un détail. Je me tourne vers Caitlin.

— J'ai failli oublier. Est-ce qu'il y a un coffre, ici ? J'ai trouvé une clé chez M. Kindler.

Elle secoue la tête.

— Non, il n'y a que la boutique, le bureau, les toilettes et une réserve. Il n'y a pas assez de place pour un coffre. Il allait à la banque chaque soir avec nos recettes de la journée, pour être sûr qu'il n'y ait rien à voler.

— Est-ce que je peux jeter un coup d'œil à la réserve ?

Son visage devient hostile.

— Non, vous ne pouvez pas. Je pense qu'il vaut mieux que vous partiez, vous m'avez fait perdre assez de temps. Il faut encore que je nettoie le magasin, et il est tard.

Intéressant. Je crois que je sais où me rendre ce soir. J'adore entrer par effraction quelque part.

CHAPITRE 5

Il pleut. Cela ne m'empêche pas pour autant d'apprécier ma course sur les toits. Je suis douée pour marcher dans la rue comme une piétonne lambda puis disparaître dans l'ombre une fois ma destination atteinte, ce serait toutefois moins marrant. J'aime le fait de devoir faire attention à mon équilibre, les tuiles qui manquent parfois de se dérober sous mes pieds. C'est parfait pour s'entraîner à avancer en silence, mais en vitesse.

La ville a une autre allure, vue du dessus. Elle semble plus propre, plus jolie. Dépourvue de la crasse qui recouvre les rues. Dépourvue des sans-abri qui dorment dans les coins sombres. Il y en a de plus en plus chaque jour. Je ne me souviens pas d'avoir vu des gens dans la rue quand j'étais enfant ; à présent, il y en a trop pour les compter. Parfois, l'un d'eux disparaît et ne réapparaît jamais, dans l'indifférence générale. Ou presque. Les autres sans-abri s'en soucient, sans doute parce qu'ils sont contents de pouvoir utiliser son coin de prédilection. C'est un monde cruel. Même si j'ai désormais de l'argent et une maison, je ne m'y sens toujours pas à ma place. Je ne suis pas comme ces gens vivant dans des baraques, allant au boulot chaque jour, possédant une famille et un animal de compagnie. Je ne pensais pas avoir ça un jour, pas avec la façon dont j'ai été élevée. Je n'ai jamais choisi de devenir assassin, et pourtant, c'est ce que je suis à présent. Ce pour quoi je suis douée. Et j'aime ça. Énormément.

Je bondis de toit en toit, contente de sentir mes muscles s'étirer. Je suis restée bien trop longtemps assise aujourd'hui. Après ma conversation avec Caitlin, j'ai dû passer quelques heures dans mon propre bureau à la maison à informer les autres et prendre des notes. C'est une corvée, mais je ne veux manquer aucun indice.

Benjamin se rendra demain à la boutique pour jeter un coup d'œil aux finances. C'est lui le cerveau de *Miaou*… et son meilleur voleur. Même si Caitlin le surveille, il sera en mesure de dérober n'importe quel dossier qui pourrait nous être utile. Je lui ai dit de ne pas prendre l'argent caché dans la boîte métallique du troisième tiroir, mais je sais qu'il se servira tout de même. C'est dans sa nature, et je ne suis pas vraiment la meilleure pour le juger.

Au moins, ça m'évitera de me coltiner la paperasse. Benjamin est très doué avec les chiffres. Si je ne craignais pas qu'il dérobe la moitié de l'argent que possède *Miaou*, je lui ferais faire mes comptes aussi. Malheureusement, je n'ai pas confiance en lui. Il reste mon ami malgré tout.

Je m'arrête sur le toit en face du magasin de bonbons et observe la ruelle en contrebas. Il n'y a pas un chat, dans tous les sens du terme. J'estime la distance. Ça devrait le faire. Redescendre demanderait trop d'effort. Oui, mieux vaut sauter.

Je recule de quelques pas, étire mes jambes et prends une grande inspiration. Je peux le faire.

Je cours et bondis, m'envolant dans les airs. La pluie me semble tout à coup lourde sur ma peau, comme si elle essayait de me pousser vers le bas. Je parviens de justesse à m'accrocher à la gouttière du magasin et à me hisser sur le toit. C'était moins une, mais j'y suis arrivée. Comme je l'avais prédit. Ne doute jamais de tes capacités, ai-je appris dès le tout début. Si tu ne te crois pas capable de tuer ta cible, tu vas commettre des erreurs. Si tu ne te crois pas capable de dérober quelque chose sous les yeux d'une personne particulièrement attentive, tu te feras prendre. Douter de soi est mauvais pour les affaires. Et pour sa survie.

Je m'avance vers le bord du toit, qui, en pente, permet d'accéder à un bâtiment plus bas, sans doute une extension ajoutée après la construction du magasin. Bien que ce soit un saut facile, je m'inquiète un peu du bruit métallique produit quand je me pose dessus. J'espère qu'il n'y a pas trop de rouille. Pour éviter le moindre accident, je bondis une nouvelle fois, atterrissant dans un petit jardin. Je suis entourée par des murs en brique, mais ce qui m'intéresse, c'est la porte en fer qui doit mener à la réserve, dans l'extension. Le verrou est facile à crocheter, et j'en suis presque déçue. Moi qui cherchais un peu de défi... même un bébé aurait pu ouvrir cette serrure. Un bébé assassin, d'accord, mais quand même. Avec un peu de chance, il y aura quelque chose d'intéressant à l'intérieur. Caitlin a été bien trop brutale quand je l'ai questionnée sur la réserve. Elle doit vouloir me cacher quelque chose.

Comme il n'y a pas de fenêtres, je n'hésite pas à allumer la lumière. Et je reste sidérée. Je m'attendais à des tas de cartons, de boîtes en bois, des objets de ce genre. Mais il n'y a rien. Rien du tout, à part un mince matelas au milieu de la pièce.

Je m'en approche lentement. Il est vieux et taché, et bien trop fin pour être confortable. Une odeur de corps rance emplit l'atmosphère. Je me frotte le nez et décide de respirer par la bouche. On dirait que quelqu'un dort régulièrement ici, quelqu'un qui ne se soucie pas de son hygiène corporelle. Pas Caitlin, cependant. Même si ses habits étaient simples, ils étaient aussi parfaitement propres, tout comme ses cheveux et tout le reste de sa personne. Alors, qui dort là ? Winston Kindler ? Il avait un logement, mais il ne semblait pas y vivre. Franchement, qui préférerait pioncer sur un matelas sale dans une réserve dépourvue de fenêtre plutôt que dans une jolie petite maison ?

Mis à part la fine couverture gris clair roulée en boule à un bout du matelas, il n'y a aucun autre objet ayant appartenu au mystérieux locataire des lieux. Pas de vêtements, pas même une bouteille d'eau. Je soulève le matelas et regarde en dessous. Bingo. Je remarque une enveloppe tachée et un peu poisseuse.

Je retourne du côté de la pièce où la lumière est plus vive et ouvre l'enveloppe. J'y trouve un petit bout de papier ainsi qu'une photographie en noir et blanc. Je lis d'abord le mot.

17, place du Marché
7862
Elle vous attendra. Venez seul.
P.S. : 100 enfants. N'oubliez pas.

Je relis plusieurs fois ces quelques lignes. Elles n'ont aucun sens. Il vaudrait mieux que je me rende place du Marché et que je vérifie la maison numéro 17 pour trouver des réponses.

Les bords de la photo sont usés et décolorés, comme si quelqu'un l'avait regardée très souvent. Elle montre une jeune femme d'à peu près mon âge, possédant un doux sourire et de gentils yeux. Entre les vêtements démodés et le fait que le cliché est en noir et blanc, j'en déduis que cela remonte à de nombreuses années. Quelques dizaines au moins. Je passe le doigt sur les cheveux blond clair en me demandant qui ça peut bien être. Ce doit être une vieille femme, à présent. Ses cheveux doivent être gris et elle doit avoir des rides. Si tant est qu'elle soit toujours en vie, d'ailleurs.

Je remets la photo et le message dans l'enveloppe, que je glisse dans ma poche. Je regarde une dernière fois la pièce vide, mais il n'y a rien à explorer ici. Je vais devoir retourner voir Caitlin demain pour lui demander ce qu'il se passe. Pour l'heure, je suis énervée, parce qu'elle ne m'a jamais dit que quelqu'un vivait ici.

Elle aurait pu me faire gagner un temps précieux. Demain, je serai bien moins amicale avec elle.

❈ ❈ ❈ ❈

Quand je rentre chez moi, une chatte m'attend devant la porte. Je crois que c'est la première fois que je la vois. C'est une magnifique chatte rousse à poils longs, un peu emmêlés par endroit.

— Il te faudrait un bon coup de brosse, marmonné-je en me penchant pour la caresser.

Ronronnant, elle se frotte contre mes jambes et appuie sur ma main avec insistance afin que je lui caresse la tête. Elle lève vers moi des yeux verts lumineux si remplis d'intelligence que ça me fait sourire. Ce n'est pas une chatte ordinaire.

— Tu as quelque chose pour moi ? lui demandé-je.

Elle miaule en réponse.

— On va d'abord te nourrir. Ensuite, je pourrai te brosser le poil. Une fois que tu m'auras dit ce que tu sais.

Elle miaule, approbatrice, et je la fais entrer dans la maison. Elle se rend droit à la cuisine, comme si elle était déjà venue ici. L'autre chat a dû lui dire quoi chercher et où. Il semblerait que mon réseau d'espions se soit mis au travail. Encore qu'elle ne m'a donné aucune information pour l'instant. Peut-être qu'elle bluffe. Je pouffe tout bas. Ce serait typique d'un chat.

Je pose une gamelle vide devant elle, puis m'agenouille afin d'être presque à son niveau.

— Je vais me transformer, lui dis-je, pour la prévenir. N'aie pas peur. Je vais être un peu plus grande que toi, mais je ne te ferai aucun mal. Je veux juste pouvoir discuter avec toi.

Elle me fixe du regard. Oh, l'arrogance des chats. Comment ai-je pu suggérer qu'elle puisse avoir peur de moi ? Bien sûr qu'elle ne me craindra pas. C'est un chat, après tout, une prédatrice, une machine à tuer féline.

Souriant, je fais signe à ma panthère intérieure. Elle s'étire, rugit puis bondit vers la surface. Quand mon corps se métamorphose, un geignement m'échappe. Le changement est douloureux, même s'il est rapide. Grâce à la magie, tout le processus se déroule sans effusion de sang et déchirement de vêtements, contrairement à ce qu'on pourrait techniquement s'attendre de la transformation d'un humain en un gros chat noir. Cela dit, personne n'y croit à moins de fréquenter des métamorphes.

Lorsque je rouvre les yeux, je cligne des paupières pour m'habituer à ma nouvelle vision, différente. Sans surprise, la chatte rousse est exactement à l'endroit où elle se trouvait avant ma transformation. Elle me dévisage d'un air presque ennuyé. Elle serait douée pour le poker, elle.

— Comment t'appelles-tu ? demandé-je.

Si un humain entrait dans la cuisine à ce moment-là, il entendrait un étrange mélange de rugissement, de gazouillis et de ronronnement. Tous les félins peuvent se comprendre, même si leurs dialectes diffèrent.

— Pan, répond-elle d'une voix mélodieuse bien que haut perchée. On m'a promis à manger.

Je souris. Quelle arrogance. La plupart des humains auraient peur de moi, à cause de mes griffes acérées et de mon corps musculeux qui indique que je suis une prédatrice mortelle.

— Et tu en auras. Qu'est-ce que tu as pour moi ?

— La maison où tu es allée…

— Quelle maison ? la coupé-je. Comment es-tu au courant ?

Elle cligne des yeux, l'équivalent d'un haussement d'épaules chez les humains.

— Certains t'ont suivie. C'est toujours une bonne chose d'observer son employeur.

Je suis un peu étonnée.

— Attends, tu as déjà fait ça avant ? Tu as travaillé pour d'autres humains ?

— Non, mais c'est ce que Ryker a dit.

— Ryker ?

Elle soupire.

— Le père de Citrouille. Il nous a dit que tu avais du travail pour nous. Tu as donné à manger à Citrouille ce matin, et il t'a soigneusement observée. Il a dit que, d'après ton odeur, nous pouvions te faire confiance.

— Ouah, quel honneur, répliqué-je dans un grognement suintant le sarcasme.

Un chaton m'a qualifiée de fiable. Comme c'est gentil de sa part.

Je me lèche la patte, me souvenant de combien c'est agréable. Je n'ai pas passé beaucoup de temps sous forme animale récemment. Je devrais vraiment le faire plus souvent. Il y a six mois, une fois débarrassée de mon collier, je suis restée en panthère pendant deux semaines d'affilée. J'en avais bien besoin pour me réhabituer à cet autre « moi ». Après quinze années à porter ce collier, j'avais presque oublié à quoi ressemblait le monde depuis une perspective non humaine.

— Après ton départ, des hommes sont venus à la maison, déclare Pan, interrompant mes pensées.

C'est aussi bien. Je n'aime pas me rappeler cette sombre époque, où les jours défilaient, se transformant en années, pendant que mon enfance faisait place à mon adolescence, puis à l'âge adulte.

— Qu'ont-ils fait ? lui demandé-je avant que mon esprit ne dérive à nouveau.

— Ils ont fureté partout. Comme toi. Ils ont regardé dans le cabanon, ont fait le tour de la maison. Ils y sont restés moins longtemps que toi, puis ils sont partis.

— À quoi ressemblaient-ils ? Est-ce qu'ils étaient de la police ?

Elle renifle.

— De la police ?

On aurait dit que cela la blessait d'ignorer quelque chose.

— Portaient-ils des uniformes ? l'interrogé-je, changeant d'approche. Un uniforme bleu foncé ?

— Je me fiche de la fourrure des humains, réplique-t-elle avec arrogance. Mais je peux poser la question à ma sœur, qui était présente.

Ça se complique. Trop de chats, trop de noms.

— Ça me rendrait service, merci. Est-ce que certains de vous peuvent aussi garder un œil sur le magasin de bonbons ? Cette boutique est louche.

— Nous voulons à manger tous les jours, exige-t-elle. Pour vingt.

Je pousse un rugissement d'avertissement, mais elle n'en bouge même pas une oreille.

— Vingt ? Les chats ne sont-ils pas censés être des créatures solitaires ?

— Pas depuis l'arrivée de Ryker. Il nous a rassemblés et nous a montré que nous pouvions avoir une meilleure vie si nous nous entraidions.

Ouah, il faut que je rencontre ce type. S'il est parvenu à convaincre un groupe de chats d'agir contre leur nature, il doit être spécial.

— Je vais vous donner à manger pour dix chats, pas plus, tant que je ne serai pas certaine que vous le méritez.

Je rive mon regard au sien, pour lui faire comprendre que je suis sérieuse. On ne marchande pas avec une panthère.

Elle met trente secondes à le saisir pleinement ; enfin, elle détourne les yeux et miaule.

— Marché conclu. Nous viendrons la chercher tous les matins, jusqu'à ce que nous ayons assez confiance en *toi* pour te dire où nous sommes.

Aïe, ça fait mal, ça.

CHAPITRE 6

— **K**at ! Descends ! Tu as de la visite !

Je manque d'en tomber de mon hamac. J'ai l'impression qu'il est tôt. Beaucoup trop tôt, bon sang. Je me suis couchée tard et, en général, les autres respectent mon besoin de dormir. Pas aujourd'hui, manifestement.

Je rejoins Lily dans la cuisine, sans me soucier d'enfiler une tenue plus professionnelle que mon pyjama.

— Tu as un trou, lance-t-elle, un sourire aux lèvres, en indiquant mon entrejambe.

Merde, pas encore. Pourquoi est-ce que je troue toujours mes fringues dans des endroits indécents ?

Il faudrait que j'arrête de m'asseoir en tailleur partout. Ce n'est pas bon pour mon budget vêtements. Si je savais coudre… non, même là, je n'aurais pas le temps ni la patience de réparer les trous de mes pantalons de pyjama.

— Qu'est-ce qu'il y a ? demandé-je en bâillant et en baissant mon haut afin de cacher le trou.

— Cinq chats attendent dehors, répond-elle, toujours guillerette. J'imagine que tu y es pour quelque chose ?

Ah oui, c'est vrai. J'aurais peut-être dû dire à mes collègues le marché que j'ai passé avec les félins du coin.

— Tu as fait la rencontre de nos derniers employés.

Elle se marre.

— Tu les paies vraiment ?

Je hausse une épaule et attrape une tasse dans le meuble, profitant de l'eau chaude toujours dans la bouilloire.

— Je les paie en pâtée et ils espionnent pour moi. Je fais le test sur cette affaire, mais si ça fonctionne, ça pourrait devenir un arrangement constant pour *Miaou*. Aucun de nos clients ou de nos cibles ne se méfiera des chats de gouttière.

Lily me sourit d'un air diabolique.

— C'est bien vrai, ça. Tu leur as dit de ne pas s'attendre à se faire brosser le poil ou caresser régulièrement, n'est-ce pas ?

Cela ne mérite pas que je réponde. Je me contente de me verser une tasse de thé.

— Parce que c'est exactement ce que Ben est en train de faire.

— Je pensais qu'il n'aimait pas les chats, marmonné-je en avalant ma première gorgée de thé.

C'est divin. Il est si chaud qu'il me brûle les entrailles, mais ça m'aide aussi à me réveiller. La douleur a ce genre d'effet sur le cerveau.

— C'est ce qu'il prétend, réplique Lily en riant. Maintenant que je l'ai vu entouré de chats, je ne le crois plus. Mais tu sais ce que ça veut dire, n'est-ce pas ?

Je hausse un sourcil interrogateur.

— Il t'apprécie peut-être aussi plus qu'il ne veut bien l'admettre. Après tout, tu es un chat, en quelque sorte.

Je manque d'en recracher mon thé.

— Tu n'as pas dit ça !

— Que tu n'es qu'un chat surdimensionné ou qu'il pourrait avoir le béguin pour toi ?

— Les deux, rétorqué-je sèchement.

Elle se marre à nouveau.

— Ce serait si terrible ? Il est magnifique, avec son visage juvénile.

Je renifle avec dérision.

— Exactement. Il est bien trop jeune pour moi. Il doit encore se faire pousser la moustache.

— C'est reparti avec les métaphores félines, maintenant ? se moque-t-elle, un grand sourire aux lèvres. En général, ça veut dire que tu mens.

Je prends une nouvelle gorgée de thé, savourant la manière dont le liquide chaud descend dans mon estomac. Cela me fait me sentir vivante.

— Il est trop jeune, répété-je. En plus, je n'ai pas le temps pour ce genre de choses. J'ai un meurtre à résoudre, et une fois cette affaire terminée, un meurtre à commettre. Ou deux. Cette partie du travail me manque déjà. Ces trucs de détective, ce n'est pas pour moi.

Elle me lance un regard de sympathie.

— Besoin d'aide ?

— À vrai dire, oui. Est-ce que tu pourrais te rapprocher du frère du mort ? Pour découvrir s'il m'a caché quelque chose ? Il y a tellement d'interrogations autour de ce meurtre que je ne peux plus me fier à ce qu'on m'a dit.

— Bien sûr. Il est sexy ?

Je soupire.

— Tu es sûre de ne pas être une succube ?

Elle rigole.

— Ça n'existe pas. Je suis juste une femme libérée sexuellement, qui sait jouer de ses charmes féminins.

Cette fois-ci, je ne masque pas mon amusement.

— Jouer de tes charmes féminins ? Tu es sûre d'être bien réelle ?

— J'en suis certaine. Et plus important encore, mes nibards

sont réels, eux aussi. Les hommes les adorent. Donc donne-moi l'adresse de ce type et je vais aller enquêter, conclut-elle avec un clin d'œil provocateur. Maintenant, va parler aux chats. Ou à Ben. Ou aux deux.

Elle me pousse hors de la cuisine – hors de *ma* cuisine – et je me retrouve nez à nez avec le voleur en question. Il est recouvert de poils de chat et a un sourire jusqu'aux oreilles.

— Il y a des chats dehors, me dit-il, comme si ce n'était pas flagrant.

— Je sais. Tu leur as donné à manger ?

Il rougit.

— Oui. Je n'étais pas censé le faire ?

J'éclate de rire.

— Si, c'est exactement ce que tu devais faire. Tu sais quoi ? À partir de maintenant, je te charge de les nourrir tous les matins. Il y en aura dix, donc tu ferais mieux de commander de la pâtée. Compris ?

Il grogne, mais hoche la tête.

— À vos ordres. J'ai besoin d'une douche, maintenant. Je ne peux pas faire mon travail alors que je sens le chat.

Je rigole tandis qu'il s'éloigne en marmonnant.

Je l'ai trouvé très peu de temps après avoir lancé mon entreprise. Il a essayé de me voler mon sac, et a échoué, évidemment. Tout comme moi, il fuyait la Meute. Sauf qu'il vivait seul dans la rue alors que je possédais une maison, de l'argent et un bienfaiteur anonyme. Je lui ai demandé de me prouver qu'il était doué pour faire les poches, puis je l'ai engagé. Cela fonctionne à merveille pour l'un et l'autre, cela dit, je pense ce que j'ai dit à Lily : il est trop jeune pour moi. Je tolère deux années de moins au maximum, et je n'aime pas ça. Je préfère les hommes aux garçons. Les hommes qui savent où la fourrer et n'hésitent pas quand il faut s'y mettre.

— *Miaou !*

L'un des chats passe la tête dans l'embrasure et me lance un regard noir. Ai-je fait quelque chose de mal ?

— Bonjour, lui dis-je en le suivant dehors.

Huit autres félins se trouvent sur les marches du porche, tous occupés à manger ou à lécher leur fourrure. Ma peau me picote. Moi aussi, j'adore faire ça quand je me transforme. M'allonger au soleil, me laver, somnoler toute la journée... les chats ont la belle vie. Dommage, je n'en suis pas entièrement un. J'ai rarement le temps de me prélasser. Il y a trop de travail à faire. Même maintenant, je n'ai pas le temps de les regarder jouer.

— Faut-il que je me transforme ? demandé-je au chat mâle qui me fusille toujours des yeux. Veux-tu me dire quelque chose ?

Il miaule, et je comprends que c'est une réponse négative. Bien, ça m'évitera d'user mon énergie à me métamorphoser.

— Alors mange quelque chose et ne me dérange pas.

Je viens de me rendre compte que je n'ai pas fini mon thé. Et que je n'ai pas encore déjeuné, d'ailleurs. Les matinées sont de cruelles occurrences.

Le chat me lance un nouveau regard noir, puis s'éloigne en se pavanant, sans plus m'accorder d'attention. Je me demande si c'est le fameux Ryker.

Rassurée sur le fait que les chats ont tout ce dont ils ont besoin, je vais changer de tenue, avant de me préparer un sandwich que je mangerai sur la route. Avant de partir, je m'assure que Lily et Benjamin savent tous les deux quoi faire ce jour-là, et je me rends vers la place du Marché.

Évidemment, il faut que je tombe sur le jour du marché. Toute la place est remplie d'étals et de gens, et mes sens se retrouvent agressés. Je réduis au minimum mes capacités de panthère. Sinon la puanteur de la ville aurait été insupportable. Je n'achète jamais au marché. J'y sens les premiers signes de pourrissement de la viande, de décomposition des légumes. Rien n'y est de bonne qualité, et pourtant les gens continuent à s'y rendre, parce qu'ils ont meilleure conscience qu'en allant dans les magasins. Le marché n'est qu'une façade pour les transactions les plus louches de la ville, ce qu'ignorent toutefois la plupart des gens. Ils croient soutenir le commerce local, alors qu'ils donnent en réalité leur argent aux dealers et aux contrebandiers. Ils ne savent pas que leurs fruits sentent parfois le cadavre, et que la pomme qu'ils sont en train de manger a pu être en contact avec une victime de violence. C'est un étrange endroit, ce marché.

Le numéro 17 correspond à un grand bâtiment imposant, aux abords de la place. Suffisamment éloigné pour ne pas percevoir les odeurs et le bruit, mais assez proche pour voir ce qu'il s'y passe. Un panneau à l'extérieur comporte de nombreux noms, mais aucun qui n'attire spécialement mon attention. Je les note tous au cas où l'un d'eux se révélerait important plus tard. Je tente d'ouvrir la porte et découvre, surprise, que je peux entrer. Après un rapide coup d'œil autour de moi pour voir si quelqu'un me surveille, je pénètre à l'intérieur.

Il fait agréablement frais dans l'escalier serpentant autour d'une unique colonne en marbre, qui va du sol au plafond. Ça empeste l'argent, ici.

Je n'ai qu'une série de chiffres à ma disposition. 7862. Il y a peut-être un appartement numéro 7 ? Je crois que je préférerais cependant trouver un pavé numérique. Ce serait bien plus amusant.

Je monte lentement, en contrôlant chaque porte. Au troisième étage, je trouve un placard à balais coincé entre les appartements 5 et 6. Malheureusement, il n'y a rien de plus à l'intérieur qu'une araignée plutôt imposante qui a transformé l'endroit en œuvre d'art de soie.

— Beau travail, lui soufflé-je avant de refermer derrière moi.

À l'étage supérieur, je souris, excitée. Non seulement il y a un appartement 7, mais en plus il y a un pavé numérique. Deux en un. Enfin quelque chose de positif dans cette affaire.

Je plaque l'oreille contre le battant en bois, essayant d'entendre au travers. Rien. Fermant les yeux, j'essaie d'étendre mes sens le plus loin possible afin de détecter le moindre signe de vie. Il y a quelqu'un dans l'appartement 8 voisin, mais personne dans celui dans lequel je m'apprête à entrer.

Ouvrant les paupières, je tape les chiffres sur le pavé. 7862. Une lumière verte clignote deux fois, et la serrure s'ouvre. Bingo.

Avant d'avancer, j'étudie l'entrée de l'appartement. Il pourrait y avoir des pièges. À présent, après tous ces indices étranges et ces contradictions, je m'attends à tout, dans cette affaire.

Lentement, je fais un pas, tous mes sens en alerte. Je ne suis pas d'humeur à affronter de mauvaises surprises. La première pièce sur la gauche est une cuisine. Je l'inspecte en vitesse. Elle est vide, dépourvue de casseroles, de poêles et même de vaisselle. Le frigo n'est même pas branché. Ce qui est cependant étrange, c'est l'absence de poussière. Même si l'endroit semble n'avoir pas été utilisé, il a récemment été nettoyé. Peut-être va-t-il être mis en vente ?

Reliée à la cuisine par un encadrement ouvert se trouve une petite salle à manger. Il y a des traces de brûlures sur la table, mais les meubles le long du mur sont vides. Je vérifie le dessous de chaque chaise, de la table, derrière les étagères, partout… en vain. Je ne vois ni message secret, ni liasses d'argent, ni portes verrouillées. Mon esprit essaie de me convaincre de me détendre, mais j'en suis incapable. Quelque chose me donne la chair de poule, ici.

La pièce suivante est complètement vide, dépourvue de meubles. Il ne reste que la décoloration typique sur les murs indiquant qu'il y en a eu à une époque. Je remarque des traces de moisissure dans un coin et un immense tapis rouge au centre de la pièce. Toutefois, il n'y a rien en dessous. Dommage. J'espérais presque une trappe. Ai-je déjà dit que j'adore les trappes ? Si ma maison n'en possédait pas déjà une, j'en aurais fait installer une dès mon emménagement.

La salle de bains est tout aussi inintéressante que le reste. Les toilettes sont repoussantes, totalement à l'opposé de la cuisine immaculée. Il y a des traces de fluide corporel partout. La puanteur de l'air me donne envie de vomir. Je retiens mon souffle et soulève le couvercle, une grimace dégoûtée au visage. Et je manque de vraiment vomir en voyant le bocal en verre dans la cuvette. Beurk. J'aurais dû apporter des gants. D'accord, j'en porte en cuir, mais hors de question de les salir. C'est ma paire préférée.

Par chance, j'en trouve en caoutchouc dans la cuisine, ainsi qu'un seau. De retour dans la salle de bains, j'allume la ventilation en espérant que cela rendra l'odeur un peu moins intense, puis plonge la main dans l'eau brune en ignorant mon besoin de vomir, afin d'en sortir le bocal. Sans tarder, je le mets dans le lavabo afin d'en retirer tous les… trucs collés dessus. Qui a bien pu penser que les toilettes seraient une bonne cachette ?

Je laisse le robinet allumé même une fois que le bocal a l'air propre. Hors de question que je me retrouve avec la merde de quelqu'un d'autre sur les doigts.

Maintenant que le contenant est propre, je peux regarder à l'intérieur. Je distingue des feuilles de papier enroulées, qui ressemblent à des relevés bancaires. Secouant doucement le bocal, j'entends un petit cliquètement. Un objet métallique.

Enfin satisfaite de la propreté de tout ça, j'éteins le robinet et ouvre le bocal, en veillant à ne pas mouiller le papier. Bon, il est temps que je quitte cette pièce et que je retourne à la cuisine, d'une propreté immaculée, en prime. Je n'ai jamais été maniaque, mais je tiens à un certain minimum quand même. Par exemple, à des toilettes qui ne soient pas recouvertes de matières fécales et d'urine séchée.

Après avoir essuyé le bocal avec un torchon trouvé dans un tiroir, je verse délicatement le contenu du bocal sur le plan de travail. En dehors du relevé et d'une épaisse liasse de billets, il y a une clé et deux grosses pièces de monnaie.

Je m'attendais à une lettre d'amour, un ordre d'exécution contre quelqu'un ou autre contenu plus croustillant, sauf que la feuille est aussi ennuyeuse que toute cette affaire. C'est une facture. Une putain de facture. De bonbons. J'en aurais eu l'eau à la bouche si je n'avais eu la main dans des toilettes quelques minutes plus tôt à peine. Des bonbons à la menthe, des bonbons acidulés, des rouleaux de réglisse, de la poudre effervescente au citron… C'est un rêve d'enfant. Je parie que ce sont les mêmes friandises que celles vendues par M. Kindler. Cela établit un lien avec mon affaire, malgré tout, je ne comprends pas pourquoi quelqu'un jugerait cette facture assez importante pour vouloir la cacher. Elle me paraît tout à fait normale. Les quantités ne sont pas extravagantes, le coût non plus. Haussant les épaules, je décide de la confier à Benjamin afin qu'il y jette un coup d'œil. Il repérera peut-être quelque chose.

Je ne lui montrerai pas l'argent, cela dit, sauf si je ne veux plus en voir la couleur. Il y a au moins mille darems. Cette affaire devient lucrative, à bien des niveaux.

La clé est similaire à celle que j'ai trouvée dans la télécommande de Winston. Je fouille dans mon sac jusqu'à trouver la première et la compare à la deuxième. Non, elles ne sont pas similaires, elles sont identiques, du moins les dents.

Très étrange. Enfin, j'observe les deux pièces. Elles sont identiques aussi. En bronze, avec un carré coupé au milieu avec un trait droit vertical. J'ignore ce que ça signifie. Elles ne ressemblent pas à des devises étrangères, et elles ne possèdent aucun nombre pour indiquer leur valeur. En outre, vu la légère différence de poids, elles semblent fabriquées à la main.

Je mets toutes mes trouvailles dans mon sac et refais un dernier tour de l'appartement. Peut-être ai-je manqué quelque chose. J'espère vraiment, sinon, je suis de retour à la case départ.

Quatre pièces. L'une d'elles est vide, l'une est propre, l'autre est sale et la quatrième se situe quelque part entre les deux. Il manque quelque chose. Une chambre. Maintenant que j'y pense, l'agencement de l'appartement n'est pas logique. Il y a plus de pièces sur la gauche du couloir que sur la droite. Il manque un grand espace non utilisé. Je vous en prie, faites que ce soit une pièce cachée, je vous en prie. Cela illuminerait ma journée.

CHAPITRE 7

Retenant mon souffle, je retourne à la salle de bains, la seule pièce située sur la droite. Elle ne dispose que de toilettes et d'un lavabo. Aucune baignoire ou douche. C'est bizarre, ça aussi. Comment un habitant de cet appartement peut-il se laver ? Il y a cependant un grand miroir sur le mur de droite. Je l'examine sous toutes les coutures, puis appuie sur les bords. Lorsque je pose les doigts sur le bois à gauche, j'entends un cliquetis audible. Comme une serrure qui s'ouvre. J'attrape la boiserie avec mes ongles et tire. Tada ! Une porte cachée derrière. Enfin une réussite dans cette affaire.

Délaissant la salle de bains, je m'enfonce dans la pièce sombre. J'allume ma lampe torche et cherche un interrupteur, en vain. Cependant, la pièce dispose d'une fenêtre, dont les rideaux sont tirés. Je les écarte pour faire entrer la lumière. Ouah. Je ne m'attendais pas à ça.

Deux tables métalliques se trouvent au centre, parsemées d'étranges appareils et outils. Mon entraînement prend le dessus et, avant de céder à mon envie d'explorer, je fais d'abord le tour de la zone, en quête d'alarmes, de pièges ou de tout autre chose qui pourrait m'importuner. Mis à part une petite boîte de couteaux sous une étagère qui ferait fantasmer tout assassin digne de ce nom, il n'y a rien de dangereux ici.

Souriant, je me dirige vers mon gros lot, à savoir les deux tables au centre. Elles sont recouvertes d'une étrange poudre blanche. Du sucre ? Quelque chose de plus sinistre ?

J'attrape une petite fiole dans mon sac et y verse un peu de poudre. Je ferai des tests plus tard chez moi. Je suis douée avec les poisons, alors je suis certaine que je trouverai ce que c'est.

Je reconnais certains objets, car j'ai les mêmes dans ma cuisine, mais j'ignore ce que sont les autres. Cela ressemble à un étrange mélange entre une boulangerie et une pharmacie. Des fioles de liquide de couleurs diverses, des moules métalliques comme ceux servant à fabriquer ses propres chocolats, des jattes avec mixeur et grattoirs au milieu, un carton plein de sachets plastiques. Déjà remplis de poudre blanche. Celle-là même qui recouvre toute la table, je parie. Je prends l'un des sachets, en veillant à le protéger d'un deuxième sachet vide. Si c'est un poison, je ne veux pas courir le risque qu'il contamine tout ce qui se trouve dans mon sac.

Comme il n'y a ni gants ni équipement de protection dans la pièce, j'en déduis que ce n'est pas un poison qui agit au contact de la peau. Quand on l'ingère, peut-être ? Ou bien faut-il le mélanger à l'eau et l'injecter ensuite ? Je suis impatiente de rentrer chez moi pour faire quelques expériences.

Je passe les deux heures suivantes à fouiller méticuleusement le labo. Je récupère quelques factures et bons de commande d'ingrédients divers – aucun n'étant suspect, mais sait-on jamais – et prends quelques livres de l'étagère. Il doit y avoir quelque chose d'intéressant dedans, mais je ne veux pas rester trop longtemps ici. L'inconvénient en les emportant avec moi, c'est que le propriétaire des lieux va remarquer leur absence, mais je suis prête à courir le risque.

Je suis sur le point de partir, quand je décide d'ouvrir la porte en bas de l'un des meubles en bois. C'est un frigo. Mais pourquoi… ? Pourquoi le cacher dans un meuble ? Il y en a un autre, plus grand et bien en vue, à l'autre bout de la pièce, qui était vide toutefois. Celui-ci, non.

Certaines personnes crieraient. D'autres reculeraient et trébucheraient sous l'effet du choc. Moi ? J'attrape la main ensanglantée et l'examine, curieuse. C'est la main gauche d'une femme, intacte en dehors du fait qu'elle n'est plus rattachée à un bras. Sa manucure est parfaite, et je me retrouve à admirer le vernis rouge pendant quelques instants. Bien que je ne porte pas ce genre de choses, cela ne m'empêche pas de l'admirer chez les autres.

Aucun des ongles n'est ébréché ou cassé et il n'y a rien dessous. Elle ne s'est pas battue. Elle devait être soit surprise, soit inconsciente, soit morte, soit les mains liées.

Elle vous attendra. Le message commence enfin à avoir du sens. Était-elle toujours en vie à l'instant où Winston Kindler – ou la personne à qui le mot était destiné – était censé arriver ici ? Ou bien était-elle déjà morte ?

Cette affaire ne me paraît plus du tout ennuyeuse. J'ai une main mutilée. Je suis si heureuse !

❋ ❋ ❋ ❋ ❋

— J'ai trouvé une main ! lancé-je joyeusement à Lily dès que j'entre dans la cuisine. Il faut vraiment que nous réparions la chambre froide.

— Que *tu* la répares, réplique-t-elle en se renfrognant, avant d'indiquer mon sac à dos. Montre-moi.

Je sors ma trouvaille et la présente à Lily, dont le visage s'illumine comme si je lui avais fait un cadeau d'anniversaire. Je note l'idée. C'est son anniversaire dans deux mois, et si elle aime autant cette main, je peux lui en trouver une. D'ici là, j'aurai repris les meurtres plutôt que leur résolution, et un corps ne pourrait pas regretter l'absence de sa main. Il faut juste que je découvre entre-temps si Lily préfère celles des hommes ou des femmes.

— Regarde-moi ce que le chat nous a rapporté, marmonne-t-elle tout bas en faisant tourner la main dans tous les sens pour l'étudier sous toutes les coutures. Où l'as-tu trouvée ?

— Dans un frigo.

Elle éclate de rire.

— Tu vois ? Je ne suis pas la seule à conserver des morceaux de corps dans mon frigo ! Je ne manquerai pas de te le rappeler la prochaine fois que tu me réprimanderas.

— Eux n'ont pas de morgue chez eux, répliqué-je en souriant. J'ai aussi trouvé de l'argent, alors je vais demander une réparation dès ce soir.

— Veux-tu que j'examine cette main en attendant ? Elle semble avoir été coupée alors que la femme était déjà morte, mais je dois faire quelques tests pour le confirmer.

J'aurais aimé refuser son offre – j'ai rarement l'opportunité de m'amuser avec des parties de corps non rattachées à un cadavre –, mais j'ai d'autres choses à faire.

Je soupire.

— Vas-y. Et charge-toi de cette poudre aussi, il faut l'analyser. J'ai également trouvé des livres qui possèdent peut-être un message caché à l'intérieur. Il faudrait que tu regardes. À moins que l'un de nos assassins n'ait envie de lire l'histoire d'un veuf sortant avec deux sœurs ? Je te rejoins dans quelques minutes. Je dois d'abord parler aux chats et régler cette histoire de réparation. Est-ce que Benjamin est revenu ?

Elle confirme.

— Il est dans sa chambre. Beth est là aussi, dans le salon, à s'empiffrer de chips.

Ça fait plusieurs jours que je ne l'ai pas vue. C'est habituel, chez elle. Elle disparaît sans prévenir, puis revient après avoir rayé trois ou quatre cibles de la liste. Ensuite, elle prend une semaine de repos, se détend et se gave de malbouffe. C'est une façon étrange de travailler, mais tant qu'elle fait son boulot, je m'en fiche.

— Je vais aller la voir. Peut-être qu'elle a un peu de temps pour m'aider sur cette affaire.

Lily ricane.

— Beth ? Aider ? Tu sais qu'elle ne quittera pas ce canapé pendant les prochaines vingt-quatre heures au moins.

— Je suis sûre que je peux trouver le moyen de la convaincre, me moqué-je. Ne serait-ce qu'en lui retirant ses chips.

Mon amie se marre.

— Bonne chance ! Quelles sont tes dernières volontés ? Une crémation ?

Je lui fais un doigt d'honneur puis quitte la pièce, me dirigeant d'abord vers mon bureau. Un coup de fil plus tard, j'ai planifié un rendez-vous avec des artisans pour la chambre froide. Ils travaillent pour une entreprise à laquelle j'ai déjà fait appel quelques fois. Des gens qui savent quand parler et quand se taire. Si j'ajoute un pourboire généreux, ils ne diront à personne que cette maison dispose d'une grande morgue. Et s'ils en parlent… disons que j'adore tuer pour me venger.

Comme Lily l'a dit, Benjamin est dans sa chambre. Il est assis par terre les jambes croisées au milieu d'un tas de papier. Je reste près de la porte pour ne pas trop le déranger.

— Tu as quelque chose ? demandé-je quand il lève le nez en souriant.

— Je crois. Je suis en train d'étudier les relevés bancaires de Kindler, et c'est plutôt fascinant. Sa seule source de revenus devrait être les bénéfices du magasin de bonbons, on est d'accord ?

— Pour ce que j'en sais, oui. Je n'ai trouvé aucune trace d'un autre boulot, et en plus, je ne vois pas où il aurait trouvé le temps.

Benjamin acquiesce.

— C'est ce que j'ai pensé aussi, mais il reçoit un versement toutes les semaines. Pas des sommes énormes, mais une fois le tout additionné, ça fait un joli paquet. Ce qui est étrange aussi, c'est qu'il ne règle jamais ses factures en entier.

— Explique-moi ça.

Il prend l'un des papiers et me le tend.

— Voilà une facture pour des barres de chocolat. 723 darems. Sauf qu'il n'a jamais payé autant.

Il indique une autre feuille.

— Il n'a réglé que 410 darems. Et ce n'est qu'un exemple parmi tant d'autres. D'après ce que je vois, il n'a jamais payé ses bonbons intégralement. Le gaz et l'électricité, oui, par contre. Tout comme son assurance.

— Il a peut-être conclu un arrangement spécial avec son fournisseur ? suggéré-je.

Benjamin secoue la tête.

— Ce serait indiqué sur les factures. Ce serait moins suspect pour les impôts. Si le fournisseur ne veut pas toute la somme, alors pourquoi ne pas mettre que ce qu'il veut recevoir sur la facture ? Non, je pense qu'il bénéficiait d'une remise en échange d'un service pour lequel personne ne veut garder de trace. Ajoutés à ces paiements hebdomadaires… Je pense qu'il était corrompu. Il a accepté de l'argent pour faire quelque chose, quelque chose d'illégal.

— Mais que pourrait bien avoir à cacher un propriétaire de confiserie ? demandé-je, plus pour moi-même que pour lui. Ses seuls clients, ce sont des enfants, et peut-être des parents parfois. Ce n'est pas vraiment la clientèle typique d'un commerce illégal.

Benjamin hausse les épaules.

— Il était peut-être dans les drogues ? Répondre à cette question, c'est ton boulot. Moi, je ne te donne que les faits.

Je soupire.

— D'accord, file-moi les coordonnées de ses fournisseurs, j'irai leur rendre visite demain.

Il fourrage dans les papiers et sort une enveloppe du bazar.

— En voilà déjà un. Je te donnerai les autres plus tard, je veux d'abord vérifier certaines choses.

Je lui prends l'enveloppe et regarde l'adresse. 17, place du Marché.

C'est une blague ?

CHAPITRE 8

Deux chats paressent dans le jardin. Enfin, ce dernier n'est constitué que de l'espace où nous stockons nos poubelles et d'une bande d'herbe, mais les chats semblent apprécier les pierres chaudes. J'aurais fait comme eux si j'avais eu le temps. Cela m'est déjà arrivé de me métamorphoser pour m'allonger au soleil. Il n'y a aucun vis-à-vis avec les maisons alentour, alors je n'aurai pas besoin d'expliquer pourquoi il y a une grosse panthère noire dans notre jardin.

L'un des chats est le petit chaton, Citrouille. Il miaule et saute d'une poubelle pour venir se frotter contre mes jambes.

— Salut, petit, marmonné-je en le grattant derrière les oreilles.

Il se met aussitôt à ronronner.

Je n'ai jamais vu l'autre chat. C'est une femelle, noire comme l'ébène, avec quelques taches blanches sur le front qui ressemblent à des étoiles. Avec son poil soyeux et ses lumineux yeux jaunes, elle est magnifique.

— Et toi, qui es-tu ? lui demandé-je, même si je ne comprendrai pas sa réponse sous cette forme.

Elle me dévisage.

— Veux-tu que je me transforme ?

Elle ne m'accorde qu'indifférence. Je reporte mon attention sur Citrouille, qui savoure mes caresses sur sa tête.

— J'ai une nouvelle mission pour toi et les autres. Pouvez-vous faire le tour de la place du Marché pour voir si vous trouvez quelque chose ? Un cadavre de femme, peut-être. Ou n'importe quoi de suspect. Tu comprends ce que je dis ?

Il se frotte à ma jambe et transmet son assentiment. Bien. Maintenant, j'ai mes propres chats renifleurs. Si quelqu'un peut dénicher un corps dissimulé, c'est bien eux. Même si je peux toujours me métamorphoser en panthère afin de profiter de mon odorat plus développé, je ne pourrai jamais me glisser dans des endroits aussi étroits qu'eux. Et en plus, il y a une prime pour les métamorphes sans collier. Pour pouvoir garder mon indépendance, je dois faire profil bas et faire semblant d'être humaine. Par chance, les métamorphes félins sont peu nombreux, donc les gens ont tendance à repérer les métamorphes canins plutôt que nous. Si j'étais un loup ou un chien… disons que je ne vivrais pas dans cette ville.

Après une dernière caresse à Citrouille, je retourne dans la maison pour trouver Beth. Je n'ai pas beaucoup d'effort à faire pour ça. Elle est vautrée sur le canapé, avec deux paquets de chips vides sur la poitrine.

— Bonjour, marmonne-t-elle en bâillant dès que je lui fais signe.

— Bonjour ? me moqué-je. On pourrait presque dire « bonsoir », vu que c'est la fin de l'après-midi. J'ai été absente presque toute la journée.

Elle hausse les épaules et referme paresseusement les paupières.

— Ça ressemble au matin. Est-ce que tu peux refermer la porte en partant ?

Je soupire.

— Beth. Il faut qu'on parle.

— Je ne suis pas d'humeur, grogne-t-elle. J'ai besoin de paix et de tranquillité. J'ai tué deux personnes hier soir, j'ai mérité une pause.

Je suis presque jalouse d'elle. Plutôt que de fureter dans des appartements vides et de fouiller des magasins de bonbons, elle a une vie trépidante, elle. *N'oublie pas l'argent, Kat. N'oublie pas l'argent.*

Quand la sonnette retentit, Beth ricane.

— Je vais avoir droit à ma pause, en fin de compte.

Je la fusille du regard.

— Réunion d'équipe dans deux heures, ici. Ne pars pas, j'ai besoin de vous tous.

Elle hausse les épaules et ouvre un troisième paquet de chips, tandis que je soupire et quitte la pièce.

Les trois artisans attendent devant la porte, munis de boîtes à outils et d'autres objets, sans doute pour avoir l'air professionnels. Je les conduis au sous-sol, soulagée de constater que Lily a fermé les portes des pièces contenant des indices plus compromettants sur notre travail. Tels que des bouts de cadavre, des squelettes ou le labo des poisons. D'accord, la plupart des squelettes étaient déjà là quand nous avions emménagé. Nous n'en avons ajouté que quelques-uns. En règle générale, nous laissons les corps à l'endroit du meurtre. Inutile de les traîner jusqu'ici pour les stocker au sous-sol.

— Avez-vous besoin de quelque chose ? leur demandé-je, une fois arrivés dans la chambre froide.

L'un d'eux, sans doute le responsable, regarde autour de lui et secoue la tête.

— Nous vous appellerons si besoin.

Je hoche la tête et les laisse seuls, activant toutefois mes instincts félins. Si ces hommes furètent dans une autre pièce, je le saurai.

J'informe Lily et Benjamin de la réunion d'équipe, puis me rends dans mon bureau, déjà effrayée par la paperasse qui m'y attend. Depuis quand la vie est-elle devenue si compliquée ?

⁜ ⁜ ⁜ ⁜ ⁜

— Enlève tes pieds de la table, aboie Lily.

À ma grande surprise, Beth lève ses jambes et s'assied convenablement, quoiqu'avec un petit gémissement d'autoapitoiement. Cela fait une éternité que nous ne nous sommes pas tous retrouvés dans la même pièce. Même si je sais sur quel cas sont mes employés – c'est moi qui leur distribue leurs missions, après tout –, nous nous rassemblons rarement pour discuter d'une seule affaire. Si quelqu'un a besoin d'aide, il vient me voir ou demande à l'un des autres en fonction de ses compétences spécifiques. Benjamin pour le vol, Lily pour la séduction et la duperie, Beth pour les poisons et les antidotes. Nous formons une super équipe, à ceci près que nous ne travaillons pas vraiment en équipe. Cela doit changer. Peut-être que je devrais réfléchir à une activité commune pour resserrer les liens... Tuer une cible ensemble ? Faire un concours de qui arrivera à tuer le plus vite ? De qui trouvera le plus beau cadavre ?

— Qu'est-ce qu'on fait là ? demande Beth en bâillant. Tu sais, mon cerveau est toujours en mode détente. Si tu as quelque chose d'important à dire, tu ferais mieux de l'écrire. Je regarderai quand je serai mieux réveillée.

Je la fusille du regard.

— Tu vas écouter et participer à cette réunion comme tout le monde, ordonné-je avec toute l'autorité que je parviens à rassembler. À moins que tu ne veuilles voir comment tu t'en sors avec la moitié de ta paie ce mois-ci.

Elle me défie du regard, mais je me détourne déjà pour observer les deux autres. Ils sont bien plus faciles à gérer.

— Si j'ai programmé cette réunion, c'est pour que nous discutions du cas Kindler. Beth, comme tu n'es pas encore au courant, voilà un petit récap. Winston Kindler est...

— Était, rectifie Lily.

— ... *était* le propriétaire d'un magasin de bonbons, qui a été assassiné il y a quelques jours. Nous n'avons pas vu le corps, et c'est peu probable que nous le voyions, puisque la police le garde sous clé. *A priori*, le meurtre a été sanglant.

— Je pourrais aller voir, suggère Benjamin. Ça vaut la peine d'essayer, en tout cas.

J'opine.

— Si tu veux, mais ne te plains pas si tu te fais chopper. Ils ont amélioré leurs mesures de sécurité depuis ta dernière visite.

Il hausse les épaules, un sourire suffisant aux lèvres.

— Je parie qu'elles ne sont quand même pas assez bonnes pour m'empêcher d'entrer. Il faudrait qu'elles soient vraaaiiiment bonnes, ce dont je doute. La police n'a pas assez de budget.

Il n'a pas tort.

— D'accord, alors vas-y et dis-moi ce que tu trouves.

J'attrape le dossier que le frère de M. Kindler m'a donné et parcours les informations dont nous disposons.

— Il a été tué à l'extérieur de sa boutique de bon matin, avant l'ouverture. Pas de témoin, du moins aucun ne s'est présenté. Quand je me suis rendue sur place, il ne restait plus une trace, pas même une odeur. La police croit à un cambriolage qui a mal tourné et a cessé d'enquêter, mais ils gardent le corps. C'est pour ça que le frère de la victime nous a demandé de nous charger de l'affaire. Il n'est pas satisfait du travail des enquêteurs et est prêt à nous payer beaucoup d'argent pour trouver l'assassin.

— Combien ? demande Beth, soudain parfaitement réveillée.

Je souris.

— Suffisamment pour nous payer des vacances à tous, réparer la maison et avoir encore des sous à la fin.

Un petit sourire étire ses lèvres.

— Pourquoi ne l'as-tu pas dit plus tôt ? Compte sur moi.

— Si j'ai bien compris, nous avons aussi le droit d'exterminer le tueur, c'est bien ça ? intervient Lily.

Je confirme.

— Oui, mais pour ça, il faut le trouver d'abord. C'est un peu compliqué. Commençons par la boutique. La seule employée est une jeune fille appelée Caitlin. M. Kindler lui a fait promettre de distribuer gratuitement tous les bonbons si jamais il décédait. C'est ce qu'elle a fait hier, et de ce que j'ai vu, tous les gamins de la ville sont allés se chercher leur future carie gratis.

— Tu aurais pu m'en rapporter, marmonne Beth, que j'ignore.

— Benjamin a cependant trouvé des choses intéressantes dans le bureau de la boutique, n'est-ce pas ?

Il hoche la tête.

— En gros, Winston Kindler recevait des paiements anonymes et ne payait jamais ses factures intégralement. On dirait que quelqu'un lui donnait de l'argent, mais je n'ai trouvé nulle part de trace du pourquoi. Je ne sais pas ce qu'ils obtenaient en retour.

— J'ai visité la maison, enchaîné-je. Et j'y ai trouvé d'autres énigmes. Une clé cachée dans une télécommande et un numéro inscrit sur le cordon de la tondeuse. Dans la réserve du magasin, j'ai trouvé un matelas. Quelqu'un dormait là. Je vais retourner voir Caitlin pour lui poser des questions à ce sujet. Il y avait aussi un petit mot, qui m'a conduite à un appartement près du marché.

Je sors les affaires que j'ai trouvées dans les toilettes, sauf l'argent. Il est déjà dans mon coffre. Si je l'avais montré à ces trois-là, il aurait disparu immédiatement.

— J'ai trouvé ça dans les toilettes.

Lily rigole.

— Ah oui ? Ça a l'air propre, pourtant.

— Dans un bocal en verre, précisé-je.

Benjamin saisit vivement la facture tandis que Beth s'empare de l'une des pièces, qu'elle fait tourner entre ses doigts.

— J'ai déjà vu ça, marmonne-t-elle. Mais je ne sais plus où.

— Essaie de t'en souvenir, répliqué-je avec ménagement.

Lily étudie la clé, pour sa part.

— Tu as celle trouvée chez la victime ? demande-t-elle.

Je la lui tends, et elle les compare.

— Elles ont l'air différentes, mais elles ouvrent la même serrure, commente-t-elle lentement. Tu as une idée d'où elles peuvent servir ?

Je secoue la tête.

— Je n'ai trouvé aucune porte fermée, que ce soit dans la maison ou l'appartement. Ou dans le magasin, d'ailleurs. Il doit y en avoir une cachée dans un lieu que nous ne connaissons pas encore.

— Je m'en souviens ! s'écrie tout à coup Beth, attirant notre attention à tous les trois. Mais ça ne va pas vous plaire.

— Dis toujours, soupiré-je.

— Les Crocs.

Lily prend une grande inspiration.

— S'il te plaît, dis-moi que tu plaisantes, murmure-t-elle, les yeux écarquillés.

Beth hausse les épaules.

— Je peux, si tu préfères que je mente.

— C'est quoi ces crocs ? demande Benjamin.

Je suis contente qu'il le fasse, car même si j'en ai déjà entendu parler, je n'en sais pas grand-chose.

— Dans cette ville, nous avons la Meute, explique Beth. Certains les qualifient d'organisation criminelle, de mafia, mais vous savez comme moi que la Meute a été fondée par le conseil municipal. Ils contrôlent ainsi tous les métamorphes qui sont découverts.

Quand je réalise que je suis en train de me frotter la gorge, je m'interromps et repose les mains sur mes genoux, stupéfaite par mon inattention. Mon corps ne bouge normalement que si je le décide. Il est une arme, entraînée depuis l'enfance à être aussi dangereuse que possible. Je serre les poings. Je ne veux pas penser à la Meute, mais il semblerait qu'elle soit mêlée à ça, d'une manière ou d'une autre.

Lily m'adresse un petit sourire, consciente de la direction prise par mes pensées. Elle connaît mon histoire, et même si je n'en ai jamais parlé aux deux autres, je suis sûre qu'ils sont au courant, eux aussi. Ils savent que je suis une métamorphe ; les chances par chez nous de l'être sans avoir fait partie de la Meute sont minces, voire nulles.

— S'ils sont si puissants que ça, pourquoi est-ce que je n'ai jamais entendu parler d'eux ? nous interroge Benjamin.

— Parce que tu as toujours travaillé en solo, réplique Lily. Tu n'as jamais fait partie de l'un des gangs. Un voleur solitaire ne les intéresse pas. Non, ils préfèrent exercer leur influence sur un groupe entier comme la Meute. C'est plus efficace.

— Parfois, nous savions que la mission qui nous était donnée ne provenait pas des dirigeants de la Meute, expliqué-je d'une voix calme en me frayant un chemin parmi ces souvenirs que j'essayais très fort d'oublier. Dans de nombreux meurtres, ce n'était pas celui-ci qui comptait, c'était l'intimidation. Il fallait faire un exemple. La Meute nous demandait rarement d'être brutaux, ils voulaient que nous soyons efficaces. Les Crocs sont différents.

Beth confirme.

— Ces pièces sont leur symbole soit d'appartenance aux Crocs, soit du fait que ces derniers les emploient. J'en ai déjà trouvé une sur une de mes cibles. Lorsque je l'ai montrée à mon employeur, il l'a regardée comme si c'était un serpent venimeux, puis a tenté de me tuer.

Elle hausse les épaules.

— Il n'a pas réussi, manifestement, mais il m'a prévenue en lâchant son dernier souffle. Il m'a dit de me débarrasser de la pièce et de ne jamais en reparler.

Un frisson me remonte l'échine.

— La question à se poser, c'est quel est le lien entre un patron de confiserie et les Crocs ? Ou même la Meute ? Si on ne tient pas compte des clés cachées et du fait que la maison avait l'air inhabitée, ce type semblait tout à fait normal et ennuyeux.

— Justement, lance Lily. C'est une façade. Si ça se trouve, il était un Croc. Il blanchissait peut-être de l'argent via sa boutique et utilisait les enfants comme messagers. Puisque nous nous servons des chats, pourquoi lui ne pouvait-il pas utiliser les enfants ?

Je secoue la tête.

— Je n'imagine pas Winston Kindler en Croc. Pas d'après ce que j'ai entendu à son sujet jusque-là.

Elle hausse les épaules.

— Garde l'esprit ouvert. Tu as trouvé autre chose ?

— C'est tout, je crois. À part la main qui se trouve désormais dans notre chambre froide nouvellement réparée.

Je m'attendais à des applaudissements, mais personne ne réagit.

— Nouvellement réparée, répété-je. Grande nouvelle !

— Ouais, ouais, marmonne Beth. Je ne m'en sers jamais, de toute façon. Je serais bien plus excitée si tu m'offrais un nouveau jouet pour le labo.

— N'oublie pas la poudre, lui rappelle Lily. J'ai vérifié les poisons habituels, sans résultat.

Beth se redresse.

— De la poudre ?

Je confirme.

— Dans l'appartement place du Marché, on aurait dit qu'ils fabriquaient une espèce de poudre blanche. Ça peut être du poison, de la drogue, un genre de médicament. Qui sait. J'ai donné un échantillon à Lily.

Beth fronce les sourcils, énervée.

— Pourquoi pas à moi ?

— Parce que je pensais que tu resterais sur ton canapé pendant les prochaines vingt-quatre heures au moins, expliqué-je avec un soupir exagéré. Avais-je tort ?

Beth me fait un grand sourire.

— Voyons laquelle de nous deux parviendra à l'identifier au plus vite. Lily a peut-être un peu d'avance, mais je suis meilleure.

Les deux femmes se fusillent du regard, tout en souriant. Un peu de compétition amicale ne me gêne pas, ça permet en général que le travail soit fait plus rapidement.

— Bien. Vous deux, vous vous occupez de la poudre. Benjamin, tu vas voir le corps. Moi, je vais examiner la main. Demain, je chercherai Caitlin et je parlerai aux chats, peut-être que l'un d'eux a trouvé quelque chose d'intéressant.

— Ouah, nous sommes tellement organisés ! s'écrie Benjamin, ravi. C'est bien la première fois.

Je hausse les épaules.

— Peut-être que ça a toujours été la raison d'être de *Miaou*. Faire des enquêtes plutôt que des assassinats.

Beth bâille.

— Ne dis pas ça. Je vais mourir d'ennui, sans les meurtres.

CHAPITRE 9

Lily avait raison. La main a été coupée alors que la victime était déjà morte. Ce qui veut dire que nous ne cherchons plus une femme sans main mais un corps sans main. Avec un peu de chance, les chats trouveront le reste de sa personne. À moins qu'elle n'ait été découpée en plusieurs morceaux. J'espère que non. Ça nous prendrait une éternité pour tout rassembler.

Je fais des tests sur les traces de sang, sur la main, pour voir s'il y a du poison. Rien. Ce qui signifie qu'elle a été tuée par un autre moyen, ou bien qu'elle est morte de cause naturelle. Vu l'aspect parfait de sa peau et de ses os, elle semblait toutefois en très bonne santé. Elle devait avoir la trentaine, la quarantaine tout au plus. Pas vraiment l'âge de mourir en beauté et naturellement à la fois.

J'effectue des tests supplémentaires, puis remets la main dans la chambre froide, un peu salie par les artisans, mais très agréablement fraîche à présent. Je pourrais peut-être persuader l'un des trois autres de nettoyer la pièce. L'un des avantages à être l'employeur, non ?

Je ferme derrière moi et vais voir Lily et Beth, au labo, occupées à s'amuser avec la poudre blanche que je leur ai donnée.

— Vous l'avez identifiée ? demandé-je.

— Non, réplique Beth, une pipette coincée entre les dents.

Je ne suis pas certaine que ce soit très sécurisé, mais elle doit savoir ce qu'elle fait.

— Va t'amuser avec les chats, lance Lily en souriant.

Elle sait très bien ce que je meurs d'envie de faire.

— Je t'écrirai un mot si nous trouvons quelque chose.

— Miaou, ricane Beth.

J'ai très envie de lui jeter quelque chose au visage. Je me retiens plutôt et vais dans le jardin. Il n'y a pas de chats, cette fois-ci. Aucun sur les marches du porche non plus. Je siffle deux ou trois fois, mais soit ils se cachent, soit ils ne sont pas là. Je souris. Il est temps de se lancer dans une partie de cache-cache.

Je rôde sur les toits, suivant l'odeur de l'un des chats. C'est une femelle, mais nous n'avons pas été présentées. J'ai trouvé plus amusant de la chercher elle plutôt que l'un de ceux que je connais déjà. Si je veux travailler avec ces chats régulièrement, il faut que j'apprenne à les connaître. Je ricane, et un grondement s'échappe de ma poitrine poilue. Désormais, j'ai trois employés humains – quoique je reste persuadée que Lily a du sang de succube – et toute une armée de chats. Voyons qui m'aidera le plus à trouver l'assassin de Winston Kindler. J'ai parié sur les chats, pour info. Je suis peut-être partiale, cela dit.

Le vent est froid contre ma fourrure noire, et j'inspire profondément, savourant la fraîcheur de l'air. Tout est tellement plus vif, plus précis, ainsi. Je n'en reviens pas de tout ce que les humains ratent de leur monde. Tous ces sons, ces odeurs, le contact des tuiles sous les pattes. La sensation de tomber de haut, puis du corps qui se positionne comme il faut pour atterrir sur les pattes. Mon corps félin est un vrai miracle, et je l'apprécie à sa juste valeur, malgré les ennuis que j'ai eus en naissant métamorphe. Rien que pour des moments comme celui-ci, ça en vaut la peine. Une liberté totale, rien ne m'empêchant de faire ce que je veux.

J'en oublie presque mon but de ce soir. Il vaut mieux que j'aille voir les chats maintenant, et que je passe du temps à courir ensuite. S'il m'en reste assez, je pourrai même quitter la ville et rejoindre la forêt de l'autre côté de la rivière. Le sol y serait bien plus agréable sous les pattes que les toits et les trottoirs sales.

Plus j'avance, plus l'odeur devient forte. La piste m'a détournée du centre-ville pour me mener vers les quartiers plus pauvres. Je n'y viens pas très souvent. Les gens que je suis payée pour tuer habitent généralement dans des zones plus aisées. Ce n'est pas pour rien que quelqu'un veut leur mort : pour l'argent, l'héritage ou la revanche. En plus, les habitants du quartier où je me trouve actuellement n'auraient pas les moyens de s'offrir mes services.

J'entends les chats avant de les sentir ou de les voir. Il y en a deux, des femelles. En train de gémir. Mais pas de douleur. D'amour. Sérieux ? Je suis tombée sur un rencard de chats ? C'est bien ma veine. Je saute d'un toit à l'autre, puis descends au sol à l'aide d'une poubelle. Je me retrouve dans un jardin pavé, plein de sacs poubelle et de crottes de rats. Il y a plus romantique pour un rendez-vous, quand même.

Je me racle la gorge – ce qui ressemble à un coup de tonnerre sur un sol aride – et attends qu'elles sortent de l'ombre. Un grondement me répond, puis un second juste avant que je ne me retrouve face à deux chattes. Sur la gauche se trouve celle dont j'ai suivi la piste. Elle est tigrée et rondelette, le genre d'animal auquel personne ne prêterait attention dans la rue. Bien qu'elle ne soit pas particulièrement jolie, elle me transperce d'un regard de défi, attendant que j'explique pourquoi je l'ai dérangée. L'autre chatte est plus élégante, avec son poil noir soyeux et ses rayures dorées sur le front, comme si un peintre s'en était mêlé.

— Qu'est-ce que tu veux ? lance sèchement la chatte noire,

dont la voix est d'une profondeur étonnante. Tu ne vois pas que nous sommes occupées ?

Je lui souris, dévoilant mes dents, très longues et très acérées.

— C'est Kat, intervient la chatte tigrée avant que je ne puisse répondre. Je t'ai parlé d'elle. Je comptais t'emmener là-bas demain matin pour le petit déjeuner, Shara. Donc sois polie.

— Le petit déjeuner.

Shara se lèche les lèvres.

— C'est un autre rencard ?

Je les imagine pendant un instant installées dans mon jardin à une table de pique-nique, entourées de roses et de bougies. Je devrais peut-être leur organiser ça, juste pour le fun.

— Peut-être.

La chatte tigrée se tourne vers moi.

— Que pouvons-nous faire pour toi ?

— Comment t'appelles-tu ? demandé-je en veillant à parler à voix basse.

Je ne veux pas que l'un des humains croie qu'il y a une panthère dans son jardin. Ce serait vrai, bien sûr, mais… évitons.

— Milena, mais tu peux m'appeler Mila, réplique-t-elle avec arrogance.

Je décide de couper court aux formalités et de passer directement aux affaires. Les chats ne sont pas fans de bavardages. Ils préfèrent filer un coup de griffe et expliquer *ensuite* pourquoi.

— Avez-vous trouvé quelque chose ? Un cadavre ? Des humains suspects tournant autour de la place du Marché ?

Étonnamment, c'est Shara qui répond.

— Oui, Tempête a dit qu'elle avait trouvé plusieurs corps humains.

Elle se met à se lécher les pattes pour indiquer comme tout ceci l'ennuie.

— Pourquoi est-ce que personne ne me l'a dit ? demandé-je en essayant de masquer mon agacement.

Ce qui n'est pas facile quand votre propre corps adore grogner.

— Ryder comptait venir te voir demain chez toi, explique Mila. Les corps ne peuvent pas être plus morts que ça, après tout, ils peuvent donc attendre.

Elle n'a pas tort, mais les chats ne comprennent pas que plus la décomposition avance, plus il est difficile d'examiner un cadavre. Si je veux augmenter mes chances de déterminer comment et quand ils sont morts, il est vital que je les voie tout de suite.

— *Des* corps ? Combien ?

Les chattes échangent un regard.

— Une pleine patte ? Mais Tempête est polydactyle, alors ça peut monter jusqu'à six.

Six corps ! Ça va être tellement la fête à la morgue. Les autres vont être aux anges ! Je suis vraiment contente d'avoir fait réparer la chambre froide. Nous allons en avoir besoin.

— Où est-ce que je peux trouver Tempête ? demandé-je en sautillant presque d'excitation.

— Chez nous, répond Mila en soupirant. Tu n'as pas le droit d'y aller. Nous allons lui dire de te retrouver sur la place du Marché.

— Bien. Allez lui dire tout de suite, s'il vous plaît.

— Est-ce qu'il y aura du saumon pour le petit déjeuner ? réplique Shara en réponse.

Je secoue la tête, blasée. Ah, ces chats.

Je n'attends pas Tempête longtemps. Elle est splendide. Son pelage noir soyeux lui permet de se cacher dans l'ombre, mais ses étonnants yeux azur qui réfléchissent la lune la trahissent. Je jette un rapide coup d'œil vers le ciel. C'est presque la pleine lune. Dans deux jours, je dirais. C'est le jour où je ne me transforme pas et évite de sortir en général. C'est la seule nuit du mois où certains des membres les plus puissants de la Meute retirent leur collier et courent en toute liberté. Je n'ai jamais eu ce privilège, mais j'ai entendu des histoires sur ces nuits-là. Sexe, drogues et meurtres. Les drogues doivent être une exagération, cela dit. Rien que le fait d'enlever le collier est exaltant, surtout quand on n'y est pas habitué.

Je me frotte le cou. Cela fait six mois à présent, et j'ai l'impression que ça fait à la fois bien plus longtemps et bien moins que ça. La Meute ne me manque pas, je m'y suis toujours sentie emprisonnée. D'autres y avaient des amis, mais pas moi. J'étais différente dès le début : ni un loup ou un chien, mais un chat. Je n'avais pas la même odeur. Les gens se montraient agressifs à mon égard sans même savoir pourquoi eux-mêmes. Chats et chiens ne se sont jamais entendus.

Sans un miaou, Tempête me fait signe de la suivre. Je suis de nouveau humaine ; dans cette partie de la ville plus animée, ce serait bien plus difficile d'échapper aux regards curieux. Si jamais j'ai besoin de parler à Tempête, je me trouverai un coin tranquille ou un jardin pour me métamorphoser.

Elle s'éloigne de la place et se dirige vers une ruelle sombre. Pendant la journée, elle est remplie de personnes se rendant au marché mais, à l'heure actuelle, nous sommes les seuls êtres vivants à progresser dans l'obscurité. Un unique lampadaire répand un petit cercle de lumière sur les pavés, toutefois, ni Tempête ni moi n'avons de difficultés à nous déplacer dans le noir.

Elle s'arrête devant une vieille maison, qui n'a rien de spécial. Elle est un peu plus miteuse que ses voisines peut-être, mais pas au point d'attirer l'attention en plein jour. Sur le côté gauche de la bâtisse, un escalier semble mener au sous-sol, à moins que ce ne soit un appartement sous la demeure principale. Tempête saute sur la première marche et m'indique la porte en métal d'un signe de la tête. C'est donc là que les corps sont cachés ? Ce serait un bon endroit, en effet.

La porte est verrouillée. Je jette un coup d'œil à Tempête, qui se contente de rester immobile comme une statue, sans me donner le moindre indice afin que je devine comment les chats sont parvenus à trouver les cadavres. Je me concentre sur mes sens de félin et renifle l'air. Il y a une légère trace d'odeur sucrée. La décomposition. On dirait que je suis au bon endroit.

J'attrape mes outils pour forcer la serrure et me mets au travail. Pour la porte d'un sous-sol, elle dispose d'un verrou étonnamment compliqué. Il me faut près d'une minute pour le crocheter, ce qui en dit long. Parce que je suis douée avec les serrures. Excellente, même.

Dès que j'ouvre la porte, une lampe s'allume automatiquement. Je me détourne de la soudaine luminosité. Par chance, je sais déjà qu'il n'y a personne dans la pièce ; j'aurais senti leur odeur lorsque ma panthère a fait snif. Mon choix de mots m'amuse. Ça devrait devenir une expression : le snif de la panthère de Kat.

Heureusement que je travaille seule ; il n'y a personne pour me reprocher mes pensées inappropriées face à quatre cadavres. Une femme et trois hommes. Tous allongés sur des tables métalliques, comme si on s'apprêtait à les disséquer. Ou les massacrer. Tout dépend de l'assassin, j'imagine.

Il n'y a pas grand-chose d'autre que ces quatre grandes tables dans la pièce. Des étagères métalliques courent le long du mur face à la porte, et il y a un bureau sur ma droite. Sans fauteuil. Sans doute plutôt utilisé pour poser des choses plutôt que pour écrire. Quelques feuilles et messages jonchent la surface, mais j'opte pour la partie la plus amusante d'abord : les corps.

Le plus proche de moi est celui d'une femme à qui il manque une main. Bingo. Elle est sinon intacte, en dehors des traces pourpres autour de son cou. Étranglée. Je m'approche pour passer l'index sur sa peau froide. Bien que les premiers signes de décomposition aient déjà fait leur apparition, elle ne doit pas être décédée depuis plus de deux jours. Il fait froid, dans ce sous-sol, ce qui rend le calcul plus compliqué que si elle était restée à l'extérieur. À moins qu'elle ne soit morte ici, d'ailleurs. Je ne suis pas une experte en autopsie. Je connais les bases, mais, en général, je me fiche un peu de ce qui arrive aux corps une fois que je leur ai ôté la vie.

La main a été soigneusement sciée. Je suis presque admirative des contours arrondis et du fait que les os n'aient pas été fendus. La personne qui a fait ça a utilisé les bons outils et ne s'est pas précipitée. C'est du travail de professionnel. Je devrais peut-être faire sa connaissance afin que nous comparions nos notes. L'excitation m'envahit, jusqu'à ce que je me souvienne que je suis chargée de trouver l'assassin, pas de fraterniser avec.

Il n'y a rien sur le corps nu de la femme qui puisse me donner le moindre indice sur son tueur. Je ne suis pas vraiment surprise, puisque ces derniers laissent rarement leur nom tatoué sur la peau de leurs victimes, et pourtant, je suis un peu déçue. Qui est-elle ? A-t-elle un lien avec M. Kindler ? Et pourquoi sa main ? Ce devait être un message pour le propriétaire de la confiserie, mais l'a-t-il reçu ? A-t-il eu le temps de se rendre à l'appartement situé place du Marché avant de se faire tuer ? Tant de questions dont les réponses me sont si éloignées.

Soupirant, je me détourne de la femme pour étudier le corps de l'homme à ma gauche. Il est bien plus massif qu'elle, et ses hanches atteignent presque le bord de la table. Je ne serais même pas surprise que cette dernière se mette à gémir sous son poids. Il est nu, lui aussi, mais ne présente aucune blessure ou marque quelconque. Il a toujours ses deux mains. Pas de traces de strangulation non plus. Qu'est-ce que c'est rasoir.

Le deuxième homme ne l'est pas, pour sa part. Pas le moins du monde. Je regarde son visage, cligne des paupières, regarde à nouveau, et déglutis.

J'ai vu suffisamment sa photo pour pouvoir le reconnaître.

Winston Kindler.

CHAPITRE 10

— Tu es censé être à la morgue, toi, lui dis-je en agitant un doigt réprobateur devant lui.

Je m'avance vers sa table et examine mon client sous toutes les coutures, mais il correspond en tous points aux informations que j'ai sur Winston Kindler. Les mêmes yeux très enfoncés dans les orbites, les mêmes sourcils broussailleux, la même barbe de la même couleur poivre et sel que ses cheveux courts. Pas beau, mais pas moche non plus. Juste un homme normal, qui n'aurait pas attiré l'attention plus que cela dans la rue.

Les mots de Lily résonnent dans mon esprit. Le fait qu'il soit si ordinaire est justement le point essentiel. S'il était un Croc, c'était sa meilleure arme pour ne pas se faire repérer. Personne ne soupçonnerait un amical patron de confiserie d'être impliqué dans une activité criminelle.

— Qu'est-ce que tu as fait, Winston ? soufflé-je, les yeux rivés à son visage.

Certaines personnes pensent que les morts ont l'air paisibles, mais c'est rarement le cas, à moins qu'un responsable d'inhumation n'utilise du talc, du maquillage et du fil de fer pour les mâchoires. M. Kindler n'a pas du tout l'air en paix, lui.

Je fixe son torse et les blessures béantes. Son frère m'a dit que sa mort avait été violente ; maintenant que j'en ai la preuve sous les yeux, je dirais même que c'est un euphémisme. Winston a été massacré. Il y a au moins vingt entailles dans son torse et son ventre, la plupart très profondes. Ses côtes sont visibles dans l'une d'elles. Pas étonnant qu'il ait été trouvé dans une mare de sang. Il a dû se vider très vite de ce dernier.

M'approchant, j'analyse les coupures de plus près. Sous celles formant un motif aléatoire, il y en a trois très précises. Celles-ci étaient destinées à le tuer. Rapidement, d'ailleurs. Il était sans doute mort avant que les autres blessures ne lui soient infligées. Comme si quelqu'un voulait faire croire que cela avait été bien plus violent qu'en réalité.

Tous les assassins connaissent certaines parties du corps. Les points de non-retour, comme les qualifiait mon instructeur. Quand on la poignarde ici, notre cible meurt. Tout simplement. Toutes ces zones ne sont pas toujours accessibles facilement. Ma préférée, celle située sous l'aisselle où l'on peut atteindre l'artère axillaire, est souvent protégée par des vêtements, surtout en hiver – cela dit, personne ne pense jamais à protéger ses aisselles dans une confrontation, alors c'est pratique pour faire quelques mouvements vicieux qui nous font sortir du lot. Il y a des points plus efficaces que l'aisselle, cependant. Suivant une intuition, je soulève la tête de Winston pour examiner son cou.

Bingo. Une toute petite incision, presque invisible, à la base du cou. Le couteau a dû s'enfoncer directement dans la moelle épinière. Immobilisation immédiate, suivie d'une mort rapide. L'attaquant a dû arriver par-derrière, frapper M. Kindler avant même qu'il ne se rende compte de ce qu'il se passait, puis ajouter d'autres coupures partout sur sa poitrine afin de cacher le fait qu'il s'agissait de l'œuvre d'un professionnel et d'avoir plus de sang pour les effets spéciaux. Les deux profondes entailles sur le haut du corps ont dû toucher des artères, donnant à l'assassin tout le sang dont il avait besoin pour donner l'impression d'une mort tragique et violente.

Je suis presque jalouse de son travail, tant il est propre et malin. À moins de savoir quoi chercher, cet assassinat peut sans peine être confondu avec un meurtre personnel, non une exécution nette.

— Pourquoi ? demandé-je à Winston. Pourquoi voulait-on ta mort ?

Tout à coup, un sentiment d'urgence m'envahit, me donnant la chair de poule. Il me faut un instant pour comprendre que cela vient de Tempête. Merde. J'ai refermé la porte derrière moi, et je ne sais pas si je peux l'ouvrir en toute sécurité. Y a-t-il quelqu'un de l'autre côté et Tempête cherche-t-elle à m'avertir ? Ou bien ai-je encore le temps de ressortir avant qu'on ne me voie faire ?

Je me concentre sur les émotions qu'elle me transmet. Le message n'est pas clair, formé d'aucun mot ou d'images, juste de son intention. Ce qu'elle m'envoie me file les jetons.

Cache-toi.

Je regarde autour de moi, mais je sais déjà qu'il n'y a nulle part où le faire. Tout est ouvert et facile à voir. Il n'y a aucun angle mort, aucun meuble ou placard. Il ne reste qu'un grand classique, celui que tout le monde oublie. La porte. La plupart des gens ne regardent jamais derrière eux quand ils pénètrent dans une pièce. Même quand ils s'apprêtent à sortir, ils jettent rarement un coup d'œil derrière la porte.

En deux pas, c'est là que je me mets, plaquée au mur. Je ralentis ma respiration, reconnaissante pour mon entraînement qui m'a appris à contrôler tout mon corps, y compris ma manière de respirer.

Je ne peux toutefois rien faire pour la lumière allumée, puisqu'il n'y a aucun interrupteur. Avec un peu de chance, mon ou mes visiteurs ne s'en rendront pas compte ou ne penseront pas que c'est dû à la présence de quelqu'un d'autre. Ça peut être une défaillance électrique. Je m'accroche à cet espoir stupide, et patiente.

Le bruit de quelqu'un descendant les marches m'oblige à me détendre. C'est lorsque l'on est raide et dans une position inconfortable qu'on est plus susceptible de faire un son qui nous trahit. En se détendant, en faisant comme si tout allait bien, on piège son corps en l'empêchant d'agir sous l'effet de la peur.

Un jour, il faudrait vraiment que je me faufile dans la tanière de la Meute pour remercier mes instructeurs, surtout Mlle Joan. Puis je la tuerais, histoire de me venger de tout ce qu'elle m'a fait subir. Elle était une enseignante géniale, si ce n'est qu'elle adorait les jeux de rôle dans ses leçons. La plupart du temps, je jouais celui de la cible. Elle me battait tous les jours ou presque. Parfois, elle me poignardait. Voire pire. Les métamorphes guérissent très vite, même sous forme humaine ; nos instructeurs profitaient grandement de cet avantage.

Je repousse ces souvenirs. Cette affaire éveille bien trop de réminiscences. Je serai heureuse quand elle sera finie et que je pourrai reprendre mon boulot habituel.

Une clé est insérée dans la serrure. Le temps ralentit alors que je concentre tous mes sens sur mon environnement. Il faut que je sois réfléchie, rapide et roublarde. Les trois R. Le troisième est un peu tiré par les cheveux, mais il me plaît. Roublarde, dans sa définition, signifie avoir un secret ou une intention cachée. L'histoire de toute ma vie. Pleine de secrets, d'un passé et d'identités mystérieuses. Tout ce qui m'intéresse en l'occurrence ici, c'est juste la partie « cachée ». À savoir, moi me cachant de la personne s'apprêtant à entrer.

La porte s'ouvre. Je respire toujours normalement. En silence, mais à un rythme régulier. Si je retenais mon souffle, je devrais respirer plus vite et plus fort plus tard.

Les pas lourds me font soupçonner mon visiteur d'être un homme, avant même que je ne le voie. Lorsque je l'ai enfin sous les yeux, je comprends que j'ai sous-estimé sa taille. Il est imposant.

Son crâne rasé brille sous l'éclairage froid, il a le dos large comme un bœuf et ses cuisses… n'en parlons pas. Larges comme trois troncs, voilà comment elles sont. Il fait deux, voire trois têtes de plus que moi et au moins trois fois ma carrure. Il pourrait me déguster en plat de résistance et avoir encore de la place pour le dessert.

Je hume l'air. Non, ce n'est pas un métamorphe. Que le Bon Chat soit loué. Ce n'est qu'un humain ordinaire, mais imposant. Il s'approche du corps tout à gauche de la pièce, celui que je n'ai pas encore étudié. Merde. Évidemment, il fallait qu'il choisisse celui-là. Ce n'est pas juste. Remarquez, il aurait pu prendre Winston. Ce qui aurait été pire, puisque le corps de celui-ci est ma seule bonne piste pour le moment. Tout est recouvert d'un voile de mystère et de questionnements, mais la présence du cadavre ici et non dans la morgue de la police est un sacré gros indice. Et ce sacré gros monsieur est lié à tout ça.

Je le vois sortir un couteau de sa poche et scier un des doigts du troisième homme. Bien, clairement, ce n'est pas lui qui a coupé la main de la femme et tué Winston Kindler. Là, il fait un carnage. Même enfant, j'aurais fait mieux que lui. Au bout du compte, il tire sur le doigt pour essayer d'arracher la dernière bande de peau, mais ça ne fonctionne pas comme il le voudrait, et il finit par érafler le poignet à la place. Imbécile.

Lorsqu'il parvient enfin à sectionner le doigt de la main du pauvre homme, il l'entoure de film alimentaire et le met dans sa poche, ainsi que le couteau ensanglanté. Tu n'as jamais appris à nettoyer tes outils après usage ? Quel bouffon.

Il se retourne vers la porte. Le moment de vérité. Par chance, il ne regarde jamais dans ma direction, gardant plutôt les yeux rivés au sol, comme s'il devait se concentrer pour savoir où poser ses gros pieds. Si mes chaussures avaient fait la taille de petits bateaux, moi aussi j'aurais fait attention en marchant. Impossible de courir sur les toits, pour lui.

J'attends que la porte se referme derrière lui, puis je me

précipite vers le cadavre. J'observe son visage pour mémoriser ses traits, même si sa peau a déjà commencé à noircir par endroit. Vu le stade de décomposition, c'est lui qui a dû arriver le premier. Vu l'odeur, aussi. J'attends encore une minute, puis ouvre la porte.

Tempête m'attend de l'autre côté, ses yeux bleus luisant dans l'obscurité.

— Suivons-le, lui indiqué-je.

Elle acquiesce mentalement. Je peux presque la voir sourire. Oui, les chats adorent la chasse. Je pense que Tempête et moi allons bien nous amuser.

* * * * * *

Une demi-heure plus tard et à bonne distance de la place du Marché, nous sommes assises sur un toit à observer la maison de l'autre côté de la rue. Nous sommes dans l'un des quartiers les plus aisés de la ville. Pas là où vivent les gens vraiment fortunés, mais pas loin. Pas le genre d'endroit où j'aimerais habiter. Quelle corvée de devoir garder son jardin aussi bien entretenu.

L'homme imposant est entré dans la maison quelques minutes plus tôt, toutefois, celle-ci reste étonnamment sombre. Aucune lumière n'est allumée. Il avait cependant la clé, alors à moins d'avoir volé cette dernière, il est le propriétaire de la baraque ou connaît celui-ci.

Tempête bâille et se frotte les yeux avec ses pattes pelucheuses. J'essaie de lui cacher le fait que je trouve ça trop mignon. Elle me tuerait. Les chats sont tout sauf adorables. Majestueux, élégants, des dieux, mais jamais, jamais mignons.

— Tu peux rentrer chez toi, lui soufflé-je. Je peux rester seule.

Elle me dévisage comme si j'avais perdu l'esprit. Elle me considère sans doute comme une humaine sans défense. Elle n'a encore jamais vu ma panthère, c'est vrai. J'avais repris forme humaine avant de la rencontrer près du marché, même si les autres ont dû lui parler de ma vraie nature. En outre, elle doit sentir le félin en moi. Nous nous reconnaissons mutuellement. Au point que je suis parfois suivie par un tas de chats mâles quand j'ai mes règles. C'est à la fois gênant et adorable. Non pas que les chats mâles m'aient déjà attirée. Ma libido ne fonctionne que quand je suis humaine, heureusement. Je ne veux même pas penser à tout ce qu'impliquerait d'un point de vue éthique une relation avec un chat. Je suis fière d'un certain nombre de choses sur mon casier judiciaire. La zoophilie n'en ferait pas partie.

— D'accord, reste, marmonné-je, sans quitter la maison des yeux.

Il ne s'y passe pas grand-chose, cela dit. On aurait dit que l'homme y est entré, s'est allongé et endormi. C'est peut-être ce qu'il a fait, toutefois, je trouve étrange de couper un doigt avant d'aller se mettre au lit. Non, mon instinct me dit qu'il se passe autre chose dans cette maison. Une réunion secrète, peut-être.

Il est temps de mener l'enquête.

— Préviens-moi si quelqu'un quitte les lieux, dis-je à Tempête, qui répond d'un clignement d'œil paresseux.

Encore une fois, je me retrouve stupéfiée par ses étonnants iris bleus. On dirait que le ciel enlace la mer en la saupoudrant de paillettes et de poussière d'étoiles.

Je glisse en bas du toit, me laissant tomber pour les deux derniers mètres. J'atterris accroupie, prête à agir si quelqu'un m'a entendue, mais la rue reste calme. J'imagine que ces maisons possèdent des alarmes en cas d'effraction, donc les gens doivent y dormir tranquillement, ignorant que les criminels voient ces dernières comme des défis tentants.

Je cours vers la maison jusqu'à retrouver des ombres pour me cacher, et je m'accroupis sous l'une des fenêtres. L'herbe est humide sous mes pieds bien qu'il n'ait pas plu depuis des jours. Le jardin doit être arrosé souvent. Quel gaspillage de ressources, juste pour avoir un gazon plus vert que celui du voisin.

Je pose l'oreille contre le mur. Il y a bien plusieurs personnes à l'intérieur, certaines parlant, mais les murs sont trop épais pour que je distingue ce qu'elles disent. Il faut que je me rapproche. Malheureusement, à cause des lampadaires, il fait plus clair ici que dans la maison. Quelqu'un pourrait m'observer depuis la fenêtre sans que je m'en rende compte. Donc non, regarder par cette dernière n'est pas une bonne option. Il faut que j'entre.

Un balcon sur la façade opposée devrait être le moyen parfait pour y parvenir. Ou pour se rapprocher du toit, en tout cas. J'ai un faible pour les toits.

Tout à coup, il y a un énorme bruit sourd à l'intérieur, comme si quelqu'un était plaqué violemment contre un mur. Des cris s'ensuivent, indistincts mais suffisamment forts pour que je distingue quatre voix différentes. Tous des hommes. Les mots de Mlle Joan me reviennent à l'esprit : *« Le crime est un monde d'hommes, les filles. Montrez-leur ce que vous avez dans le ventre. »*

Je vais peut-être éviter le toit, en fin de compte. D'autres bruits plus violents se font entendre, entremêlés de grognements et de cris, comme s'ils se bagarraient. Sont-ils en train de s'entretuer ? Si ce sont bien eux qui ont réglé son compte à Winston Kindler, ça m'éviterait de le faire moi-même. Non pas que ça me dérangerait de m'en charger…

Je sens l'avertissement de Tempête au moment où je pivote d'instinct en percevant un bruit derrière moi. J'ai mes couteaux dans les mains juste à temps pour contrer le premier coup arrivant des ombres. Quelqu'un m'attaque, mais il fait trop sombre pour que je distingue ses traits. Un homme, d'après sa façon de bouger et sa taille, cependant les apparences sont parfois trompeuses. Un nouveau reflet argenté, que je parviens à bloquer. Toutefois, je ne vois la petite aiguille que trop tard.

Elle s'enfonce dans ma gorge et l'obscurité m'envahit très vite. La dernière chose que je sens, c'est la peur de Tempête.

CHAPITRE 11

Dès l'instant où je reprends conscience, je me mets en mouvement, prête à affronter celui qui m'a attaquée. Sauf qu'il n'y a personne à combattre. Je suis seule dans une grande pièce blanche lumineuse totalement vide. Il n'y a même pas de fenêtre, juste une porte métallique brillante. Mais où est-ce que je suis ?

Je fais un rapide inventaire de ma situation. Je suis fatiguée et j'ai les jambes un peu flageolantes ; à part ça, je ne pense pas avoir de blessures. Ma tête me fait un mal de chien, mais je repousse la douleur. Je n'ai pas le temps pour ça.

Je cherche la petite aiguille qui s'est enfoncée dans mon cou. Elle n'est plus là. Il y a juste une goutte de sang séchée là où elle était.

Agacée, je sais ce qui m'a été injecté. Ce goût amer dans ma bouche, les maux de tête, les légers vertiges… j'en ai fait l'expérience plusieurs fois pendant mon entraînement. Pomme Sucrée, ainsi nommé à cause de l'odeur que dégage le poison quand on le fait chauffer. Comme un grand champ de pommiers et de fleurs. Facile à confectionner et très efficace. Il agit instantanément, plongeant la victime dans l'inconscience en quelques secondes. Mieux encore, il n'en reste aucune trace dans le sang après le réveil de la victime. Ou sa mort. La seule façon de savoir si c'était du Pomme Sucrée, c'est de retrouver l'aiguille ou d'interroger la victime sur ses symptômes. Pour un truc avec un aussi joli nom, il laisse un arrière-goût très désagréable.

J'aurais bien aimé avoir un verre d'eau, mais, pour l'instant, je dois me contenter de cracher dans un coin. Ce n'est pas mon salon, après tout. La personne qui m'a amenée là fera avec.

Je m'approche de la porte et en étudie la serrure. Elle est moderne, mais pas impossible à forcer. J'ai des outils cousus dans ma tunique… Non, je n'ai rien. Je gémis. Le poison a dû m'affecter plus que je ne le pensais. Comment ai-je pu ne pas me rendre compte que je ne portais plus mes propres vêtements ?

On m'a enfilé un simple tee-shirt et un pantalon moulant, d'une taille trop petite au niveau des hanches. Je ne sais même pas comment ils ont réussi à le fermer. Ce n'est pas mon style habituel, mais, au moins, je ne suis pas nue. Et oui, j'essaie très fort de ne pas penser au fait que je l'étais quasiment quand ils ont changé mes habits.

Je regarde sous mon haut. Ouf, j'ai encore mon soutien-gorge. Ce qui signifie aussi que j'ai un outil de crochetage. Souriant, je le sors de sous la baleine. Je peux toujours compter sur le fait que les gens ne touchent pas aux sous-vêtements d'une femme quand ils la fouillent. À moins qu'ils ne cherchent à nous tripoter, ce qui leur vaut, dans mon cas, de mourir ou de perdre leurs couilles. Ces deux méthodes sont efficaces pour les empêcher de recommencer.

Je me mets à genoux et insère l'outil dans la serrure. Il est presque trop gros pour ce type de verrou, mais je suis sûre que je vais y arriver. Je ne suis peut-être pas aussi douée que Benjamin, toutefois, peu de serrures me résistent si je m'y mets.

Juste au moment où je m'apprête à trouver le bon angle, j'entends des pas au loin s'avancer vers moi. Merde. Je remets en vitesse l'outil dans mon soutien-gorge et ajuste mon tee-shirt, puis me mets en position pour attaquer la personne qui compte pénétrer dans la pièce.

— Es-tu éveillée ? me demande une voix d'homme de l'autre côté de la porte.

J'hésite un instant, avant de répliquer d'une voix dure.

— Oui.

— Reste tranquille. Je t'apporte du thé chaud. Tu en auras partout sur toi si tu tentes de me mettre à terre.

Je fronce les sourcils. Il a parlé de thé ? Il pense que nous sommes au salon de thé ou quoi ? Que nous allons avoir une petite conversation sympathique avec une tasse fumante dans les mains ? Je ne crois pas, non. Peu importe qui il est, il m'a attaquée, m'a empoisonnée et kidnappée. Hors de question que je déguste du thé avec lui. Je vais plutôt faire en sorte qu'il n'en boive plus jamais de sa vie.

Malgré tout, je recule d'un pas quand la clé tourne dans la serrure, attendant qu'il entre. Je prévois bien sûr de m'échapper dès qu'il s'avancera dans la pièce. Cependant, quand il le fait…

J'en reste bouche bée.

— Lennox ?

Il sourit.

— Content de te revoir, Kat. Désolé pour l'aiguille, je t'ai reconnue trop tard.

Je n'arrive pas à me détacher de son visage. Lennox. La seule personne à s'être échappée de la Meute. À part moi, bien sûr, mais on m'a aidée. Lennox. Qui m'a laissée seule.

J'ai envie de lui demander comment il a réussi à fuir, envie de lui hurler dessus pour m'avoir abandonnée, envie de… mais aucun mot ne me vient.

Il n'a pas menti, pour le thé. Il transporte une théière dans une main et deux tasses ébréchées dans l'autre. Je pourrais fuir sans problème. Il ne pourrait pas m'arrêter. Mais… Lennox. J'ai besoin de savoir ce qui lui est arrivé. Pendant longtemps, je l'ai cru mort, avant d'entendre une rumeur affirmant qu'un loup blanc avait été vu aux abords de la ville. Un loup blanc avec une tache noire sur le front.

Il pose théière et tasses sur le sol en béton et ferme la porte derrière lui. Il ne la verrouille cependant pas, et cela m'aide à me détendre. Il s'assied par terre, en tailleur, et nous verse le thé, comme si cette situation était tout à fait normale.

Je l'étudie, le comparant mentalement avec le garçon que je connaissais. Il a toujours été grand, toutefois, il a pris du muscle. Ses épaules sont plus larges et son torse ciselé. Le garçon d'autrefois est devenu un homme.

Souriant, il se passe la main dans les cheveux. Je n'ai jamais compris comment il pouvait avoir une fourrure blanche en tant que loup et des cheveux d'un noir d'encre en tant qu'homme. Ses lumineux yeux bleus n'ont pas changé. Le bleu azur des contours se mue en une nuance plus pâle au centre, et le tout est cerclé du même noir que ses cheveux.

Il possède désormais un chaume ébène sur les joues et le menton. Essaie-t-il de se faire pousser la barbe ou bien a-t-il oublié de se raser ?

Je me force à détourner le regard et attrape une tasse, dont je hume les effluves. Ça sent bon, très bon, étonnamment. Cela dit, Lennox est un assassin entraîné. Nous éduquons nos sens, surtout l'odorat et le goût. Nous ne pourrions pas fabriquer de poisons, sinon. En fin de compte, le thé n'est qu'une herbe, lui aussi, à ceci près qu'on s'en sert pour se sentir bien et non pour tuer ou blesser.

— J'ai oublié le lait, tu en veux ?

Sa voix me rappelle du chocolat chaud fondant lentement dans la bouche. Je déglutis. Ce doit être un effet secondaire du Pomme Sucrée.

— Non, merci, répliqué-je poliment, bien que je préfère mon thé avec du lait.

Cependant, je ne souhaite pas prolonger cette conversation. Même si j'ignore pourquoi, le fait est qu'il m'a droguée et kidnappée, alors, malgré mon envie de savoir ce qu'il est devenu toutes ces années, il est plus urgent que je découvre pourquoi il m'a enlevée.

— Qu'est-ce que je fais là ? demandé-je tandis qu'il sirote tranquillement son breuvage.

Il a presque l'air chic, avec ses vêtements noirs coûteux. Je ravale un sourire. C'était notre cauchemar absolu, quand nous étions enfants. Nous refusions d'être chics un jour. Riches, oui, puisque cela signifiait à nos yeux ne plus avoir faim et ne plus être frappés. Nous refusions toutefois d'être bien habillés et de parler avec distinction.

Il me sourit et pose tranquillement sa tasse avant de répondre.

— Tu étais au mauvais endroit au mauvais moment, explique-t-il, les yeux rivés aux miens.

La chaleur des siens me perturbe.

— Je suis désolé pour le poison, mais je ne voulais pas alerter les gens à l'intérieur. Ils t'auraient fait bien pire s'ils t'avaient trouvée.

— Tu m'as attaquée, lancé-je sur un ton accusateur. Tu aurais pu me tuer !

Il hausse les épaules.

— Je ne t'ai pas reconnue tout de suite. Tu as beaucoup changé depuis la dernière fois que je t'ai vue.

Il me lance un coup d'œil appréciateur et me balaie du regard, s'attardant ici et là. Je ne suis pas la seule à mater l'autre, manifestement. Tout à coup, je me sens encore plus mal à l'aise : c'est lui qui a dû me déshabiller. Jusque-là, il s'agissait d'un méchant inconnu, mais maintenant… Tout ceci est perturbant et bouleverse mes émotions. Je dois me reprendre. Cette enfant d'autrefois ravie de revoir son ami, ce n'est plus moi. Non, je suis Kat, l'assassin, gérante de *Miaou*, et lui peut représenter une menace pour mon travail.

— Qu'est-ce que tu faisais là-bas ? me demande-t-il.

Je lâche un rire sombre.

— Tu aurais pu me le demander avant de m'empoisonner !

— Je me suis déjà excusé, répond-il d'une voix calme et mesurée. Je m'attendais à être seul, alors j'ai paniqué.

— Qu'est-ce que tu faisais là-bas ? répliqué-je, lui renvoyant sa question.

Il me sourit.

— J'ai posé la question le premier.

— Vu que tu as des choses à te faire pardonner, à toi de répondre d'abord.

Je ne peux ravaler mon sourire. Cela ressemble presque au bon vieux temps, quand nous nous chamaillions sans cesse, sans vraiment nous disputer.

Lennox soupire.

— J'étais là-bas pour protéger mon employeur actuel. Il avait une réunion à l'intérieur, alors il m'a demandé de surveiller le périmètre. Je ne pensais pas qu'il y aurait des soucis, mais quand j'ai vu quelqu'un chercher à entrer, j'ai agi d'instinct. Quand je me suis rendu compte que c'était toi, j'ai décidé de t'emmener ici sans en parler à mon patron. Il n'est pas au courant pour toi. Pour l'instant.

Ces derniers mots restent suspendus dans l'air, menaçants, et un frisson me remonte l'échine.

— Qui est ton employeur ?

Il baisse les yeux.

— Je ne peux pas te le dire. C'est un homme très secret.

Je ricane. Comme la plupart des criminels. Ils sont très secrets, car ils ont des choses à cacher. Des squelettes dans les placards, des morceaux de corps dans les frigos.

Lennox relève la tête et cherche mon regard.

— À ton tour. Qu'est-ce que tu faisais là ? C'est la Meute qui t'envoie ?

— La Meute ? répliqué-je surprise.

Ah mais bien sûr, il n'est pas au courant. Comment pourrait-il l'être ? J'éclate de rire.

— Non, je possède ma propre entreprise, maintenant. Je te

donnerais bien ma carte, mais elle est dans mon sac. Que je n'ai plus.

Je lui lance un regard agacé.

— Désolé, je te rendrai tes affaires dès que nous aurons terminé ici. Mais comment se fait-il que tu sois sortie de la Meute ? Ils t'ont laissée partir ? Tu as toujours été une épine dans leur pied, mais tu étais l'un de leurs meilleurs atouts.

Son regard se pose sur mon cou, où se trouvait autrefois le collier.

— J'ai eu un peu d'aide, avoué-je. Je me débrouille seule, maintenant. J'ai ma propre équipe, mon propre camp de base, ma propre morgue. Et mes propres affaires, dont celle qui m'a menée à cette maison.

— Mais…

Il semble perplexe.

— La Meute ne te laisserait jamais partir. Même si tu avais réussi à t'échapper, est-ce qu'ils n'essaieraient pas de te retrouver ?

Son expression se durcit tout à coup.

— Tu me mens. Tu es toujours l'un d'eux.

Sa voix devient amère.

— Et me voilà, gentil avec toi, à te donner du thé en espérant que nous pourrons peut-être… je ne sais pas… redevenir amis, alors que tout ce que tu me dis n'est que mensonges. Ils t'ont bien entraînée.

Je secoue la tête.

— Regarde-moi. Je ne te mens pas. Oui, ils ont essayé de me reprendre. Oui, ils ont failli réussir. Ils m'ont chopée une fois, mais je me suis échappée. Et j'ai appris quelque chose de très important au passage : ils ne peuvent pas remettre un collier à un adulte qui n'en a plus. Pas après un ou deux jours sans, en tout cas. Ça me tuerait. Ils avaient donc le choix entre me tuer et me laisser partir.

Il me dévisage, soupçonneux.

— Je connais la Meute. Ils préféreraient te tuer plutôt que de laisser ce précédent à ceux qui voudraient s'en aller.

Je me marre.

— Tout le monde veut s'en aller. Sauf les chefs, manifestement, je ne crois pas que quiconque ait envie de faire partie de la Meute.

— J'en connais certains qui adorent en être membre. Cela leur donne le sentiment d'appartenir à une communauté, pour eux qui n'ont jamais connu ça.

Je ris amèrement.

— Aux dépens de ceux qu'ils maltraitent. Mais bon, tu as raison : ils m'auraient tuée si je ne les avais pas convaincus de ne pas le faire.

— Comment ? demande-t-il sèchement.

— Grâce à l'argent. Beaucoup d'argent. Le… L'ami… qui m'a aidée à partir m'a aussi donné de l'argent pour monter ma boîte. Au lieu de m'en servir pour ça, je l'ai filé à la Meute afin qu'ils me laissent tranquille.

Je ne l'ai jamais dit à personne. Les autres membres de *Miaou* croient que je n'ai reçu que la maison, et peut-être une modeste somme ; je n'ai jamais eu le courage de leur avouer que j'avais utilisé le reste comme pot-de-vin.

— Ça devait être une belle somme, marmonne Lennox. Une sacrée somme. Qui est cet ami qui te l'a donnée ?

Bonne question. Si je le savais…

— Je ne peux pas te le dire. Tu ne m'as pas parlé de ton employeur, toi non plus.

Il soupire.

— Disons que je te crois. Que faisais-tu hier soir dans cette maison ?

Hier soir ? Suis-je donc restée inconsciente aussi longtemps ? La pièce ne dispose d'aucune fenêtre et ma montre a disparu avec le reste de mes biens.

— Quelle heure est-il ?

Il soupire à nouveau, trahissant son impatience grandissante.

— 9 h 30. Nous pourrons prendre le petit déjeuner dès que tu m'auras enfin dit pourquoi tu étais là-bas.

— J'enquête sur un meurtre, avoué-je, mais il se met à rire avant que je ne puisse poursuivre.

— Tu enquêtes ? Tu te fiches de moi ? Tu as changé de bord ?

— Juste pour cette fois, répliqué-je, de mauvaise grâce. L'offre était trop bonne pour que je la refuse.

Il se marre toujours.

— Je n'en reviens pas que tu fasses ça. Surtout toi. Tu étais la meilleure, dans les assassinats.

Je souris fièrement.

— Tu le penses vraiment ?

Il hoche la tête.

— Oui, et tu le sais. Personne n'avait ton doigté. Les autres sont soit trop brutaux soit trop gentils. Toi, tu viens, tu tues ta cible et tu repars. Froide comme la glace, mais j'adorais ça.

Une légère rougeur apparaît sur ses joues, qui disparaît cependant très vite.

— Qui a été tué ?

J'hésite un instant, me demandant quelle quantité d'informations je peux lui donner. Peut-être travaille-t-il pour l'assassin. Ou pire. Peut-être est-il impliqué avec les Crocs.

— Son nom n'a pas d'importance, répliqué-je sur un ton vague. Mais j'ai découvert un sous-sol rempli de cadavres alors que je suivais une piste, ce qui m'a ensuite menée à la maison d'hier soir. Je suis sûre qu'il y a un lien.

— Tu devrais arrêter là, dit-il, les yeux rivés à sa tasse. Les gens pour lesquels je travaille… sont dangereux. Je ne dis pas qu'ils sont impliqués, mais il ne faudrait pas que tu aies des ennuis avec eux. Il ne faudrait même pas qu'ils connaissent ton existence.

Il s'interrompt quelques secondes, puis sort un portefeuille de sa poche.

— Combien est-ce que ton client t'a offert pour résoudre cette affaire ? Je peux m'aligner si tu me promets d'arrêter d'enquêter.

J'en reste bouche bée.

— Tu essaies de me soudoyer ?

— Tu m'as dit que tu avais fait la même chose avec la Meute, réplique-t-il avec un rire creux. Quelle différence ?

Je saute sur mes pieds et le fusille du regard.

— Parce que si je ne payais pas la Meute, ils m'auraient tuée. C'était une question de vie ou de mort. Ici… ça n'a rien à voir.

Il soupire.

— Peut-être que si, Kat. Ça va plus loin que tu le penses.

CHAPITRE 12

Quand il me regarde, il fronce les sourcils d'un air triste.

— Je ne peux pas.

— Tu espères que je vais prendre ton argent et laisser tomber cette affaire ? Que je ne découvre pas qui a tué Winston Kindler ? Que son frère ne découvre jamais le fin mot de cette histoire ?

Lennox écarquille les yeux.

— Qu'est-ce que tu viens de dire ?

Ce fut mon tour de froncer les sourcils.

— Qu'est-ce que tu n'as pas compris dans tout ça ? J'ai dit non, tout simplement.

— Ce nom… Kindler, c'est ça ?

Je soupire.

— Oui, c'est le nom de la victime. Winston Kindler.

Il se met à sourire tout à coup, ce qui me rend perplexe.

— Ça n'a rien à voir avec nous. Mais je pense savoir qui l'a fait.

Alors que je me tiens dehors dans l'air froid du matin, je suis surprise de la courte durée de mon enlèvement. Je m'étais imaginé me faire emprisonner pendant des jours ou des semaines, torturée, forcée de révéler tous mes secrets à mes kidnappeurs… alors que je me retrouve finalement à papoter avec mon ancien meilleur ami, vêtue de mes propres habits, après avoir siroté un thé. Se faire enlever n'a jamais été aussi sympa.

— Les gens présents dans la maison d'hier soir ne font pas tous partie de l'organisation pour laquelle je travaille, m'explique Lennox. Je n'aurais pas pu t'aider si cela avait été l'œuvre de l'un de nous, mais l'homme *a priori* responsable est déjà dans notre collimateur. Nous prévoyions de nous en débarrasser bientôt, donc le fait que tu veuilles t'en charger est plutôt pratique. Si tu le tues, on ne pourra pas nous attribuer le meurtre. Laisse juste une carte de visite, et personne ne pourra me soupçonner de t'avoir aidée.

Je souris.

— Donnant-donnant. Pour quelle organisation travailles-tu ?

J'espérais le prendre par surprise, mais il est malheureusement trop bien entraîné.

— Bien essayé, mais tu sais que je ne peux rien te dire. Je ne travaille pas officiellement pour eux, d'ailleurs, mais mon patron, si. Alors je suis lié à eux, sauf sur le papier. C'est mieux comme ça, je ne voudrais pas que mon nom figure dans leurs fichiers. Parfois, mieux vaut rester dans l'ombre.

Je souffle.

— À qui le dis-tu. Ma vie est bien plus compliquée depuis que je ne suis plus un assassin anonyme de la Meute, et, en même temps, c'est moi qui décide qui tuer, alors c'est mieux à long terme quand même.

Lennox me sourit.

— Être à ton compte te réussit bien. Tu as assez de contrats pour t'en sortir ?

Je confirme.

— J'ai dû en refuser quelques-uns faute de temps. Les meurtres sont très demandés, et je doute que ça change de sitôt. Et avec le flot de réfugiés qui s'installent en ville, il y aura toujours quelqu'un pour prendre la place d'un mort. Sinon, j'aurais trop peur qu'il ne reste que des assassins dans cette ville. D'ailleurs, tu commets toujours des meurtres ? Ou bien ton maître te fait faire autre chose ?

Il hausse les épaules et se passe la main dans les cheveux. Ils brillent sous le soleil, leur donnant l'air encore plus noirs qu'ils ne le sont actuellement. J'aurais aimé pouvoir les toucher. Non. Non, je ne veux pas faire ça. Mais à quoi est-ce que je pense ?

— Parfois, dit-il, me détournant de mes pensées inappropriées. Je fais différents boulots pour lui. Tout dépend de ce sur quoi il travaille. De temps en temps, j'effectue encore des missions en free-lance pour d'autres personnes, si j'ai le temps.

Il étudie soudain la rue déserte.

— Ne restons pas là. Parlons en marchant.

Je hoche la tête et le suis en bas de la rue, puis dans une ruelle.

Une vague de soulagement m'envahit tout à coup, qui ne m'appartient cependant pas. Je m'arrête un instant et regarde autour de moi jusqu'à repérer le chat noir sur un toit. Je souris à Tempête et reprends mon avancée, contente que ma nouvelle amie me surveille toujours. Je suis sûre qu'elle aurait demandé l'aide des autres chats si j'étais restée absente plus longtemps. J'ai un bon pressentiment la concernant, comme si j'avais trouvé mon alter ego. Si j'étais juste un félin sans ma part humaine, j'aurais pu être comme elle.

— Tout va bien ? demande Lennox en suivant mon regard, mais Tempête n'est plus en vue.

— Oui, marmonné-je.

Je ne veux pas divulguer mon secret. Je faisais entièrement confiance à Lennox autrefois, mais de nombreuses années se sont écoulées depuis, et je ne sais même pas aujourd'hui pour qui il travaille. Dans le pire des scénarios, son patron est lié aux Crocs ou à la Meute. Cette dernière éventualité est plus improbable, vu le passé de Lennox, mais quand même. Mieux vaut garder quelques atouts dans ma manche tant que le moment n'est pas venu de les jouer.

— Dis-moi ce qu'il s'est passé, le prié-je, par intérêt sincère, pas seulement pour le distraire. Tu m'as laissé un message disant que tu reviendrais me chercher, sauf que tu ne l'as jamais fait.

J'essaie de ne pas avoir l'air accusatrice, mais mon alter ego de douze ans a pris le relais, m'inondant de la douleur ressentie à cette époque. Elle est d'une telle intensité que j'en frissonne. J'ai tout fait pour oublier combien sa disparition m'a fait mal. Après Lennox, je ne me suis plus liée avec personne. Je refusais de revivre la souffrance qui m'a étreinte quand je l'ai perdu. Cela n'a changé qu'avec l'arrivée de Lily. Elle est la première personne à pénétrer dans mon cœur verrouillé d'adulte. Même si j'apprécie Benjamin et Bethany, *j'aime* Lily. Pas de manière sexuelle, mais amicale. Elle est ma famille, et c'est la première fois de ma vie que je ressens cela. Enfin, sauf à l'époque où j'avais Lennox à mes côtés. Il était comme un frère pour moi. Maintenant… Je ne sais pas comment le qualifier. Ami ? Connaissance ?

— … Je n'ai pas réussi, je suis désolé. Je ne t'ai jamais oubliée. J'ai essayé de rassembler les fonds pour te racheter à la Meute, mais lorsque j'ai enfin eu la somme qu'ils exigeaient, ils m'ont tout pris et m'ont ri au nez. Puis ils ont tenté de me tuer. J'ai failli mourir, Kat. Si mon maître ne m'avait pas trouvé, je serais mort.

J'arrête de marcher et me tourne vers lui.

— Tu as essayé d'acheter ma liberté ?

Il confirme.

À ses sourcils froncés, je peux presque voir les sombres souvenirs qui l'habitent. Il le faisait déjà autrefois quand il ne voulait pas que les autres perçoivent sa tristesse.

— Oui. Mais ils m'ont trahi, comme je te l'ai dit. Je n'aurais pas dû m'attendre à ce que cela fonctionne, mais j'étais désespéré et stupide. Je gardais l'espoir qu'ils n'étaient pas tous pourris jusqu'à la moelle au sein de la Meute.

Je ris amèrement.

— J'aurais pu te le dire.

Lennox soupire.

— Je sais. Ils m'ont toujours traité différemment de toi. J'ai toujours eu plus de privilèges, alors j'ai cru pouvoir compter sur la même indulgence. J'avais tort.

Il se frotte le ventre.

— Ils t'ont poignardé ? demandé-je.

En réaction, il écarte immédiatement sa main de son ventre.

— Entre autres choses. J'ai survécu, cela dit, et je travaille pour mon maître depuis. Il m'a fait jurer d'arrêter d'essayer de te sortir de là, mais il m'a promis de son côté qu'il m'aiderait à te libérer une fois que tu serais devenue adulte et capable de travailler pour lui.

Je hausse un sourcil.

— J'imagine que ça n'est jamais arrivé ?

Il baisse le nez.

— Non, en effet.

Un silence s'installe. Lennox me fait traverser le quartier des artisans, veillant toutefois à éviter les rues plus animées où les magasins sont ouverts à cette heure-là.

— Où allons-nous ? demandé-je enfin.

Je sais où nous sommes et j'ai quelques théories quant à l'endroit où nous nous rendons ; toutefois, j'aime bien maîtriser la situation.

— Nous y sommes presque, répond-il sans entrer dans les détails, à ma grande frustration.

— Comment as-tu fait pour t'échapper ? enchaîné-je.

Je refuse de rester silencieuse. Il me doit des réponses. Je me suis demandé pendant près de dix ans comment il était parvenu à s'enfuir de la Meute. Et pourquoi il ne m'avait pas emmenée avec lui.

— Tu te souviens comme ils nous disaient que seuls ceux ayant des capacités spéciales pourraient ouvrir nos colliers ? Et comment ils nous l'ont prouvé en nous faisant essayer les uns sur les autres ?

Je hoche la tête ; je ne m'en souviens que trop bien. Nous n'arrivions même pas à toucher nos propres colliers sans sentir un éclair de douleur dans nos crânes. Et si nous pouvions toucher ceux des autres sans avoir mal, aucun de nous n'a toutefois jamais réussi à les ouvrir.

— Eh bien, ce n'est qu'en partie vrai. En fait, ce n'est pas vrai du tout. Ce n'est pas une question de capacités. Les adultes qui ouvraient leurs colliers le faisaient toujours d'une seule main, tu t'en souviens ?

J'opine de nouveau. Cela ne m'avait pas paru étrange sur le moment, mais il a raison. Nous avions même essayé de les imiter en ne touchant notre collier qu'avec notre main droite, sans succès. Aucun de nous n'est parvenu à retirer son collier.

— C'est parce qu'ils tenaient une clé dans l'autre main, explique Lennox, et je me fige pour le dévisager.

— Une clé ? Ils n'en ont jamais utilisé sur le collier, il n'y avait pas de serrure, juste un fermoir à l'arrière.

Il sourit d'un air sombre.

— Pas une clé au sens propre du terme. Il s'agit d'un objet qui permet d'ouvrir le collier de celui qui la tient dans sa main. Je ne sais pas si c'est aimanté, électrique ou magique, mais il le faut pour ouvrir ça. Sans la clé, personne ne peut y parvenir.

— Donc une fois que tu l'as compris, tu as volé une clé, murmuré-je, frappé par toutes les implications.

Tous ces enfants qui auraient pu être libérés. Je n'aurais jamais pensé cela possible, car j'ai toujours cru en ces conneries de pouvoir spécial, mais à présent... les possibilités sont infinies.

Lennox hoche la tête.

— Comme je n'en étais pas sûr à cent pour cent, je n'ai pas voulu te mettre en danger pour le cas où j'avais tort. Je savais qu'ils me tueraient s'ils me chopaient. Tu comprends pourquoi j'ai gardé ça pour moi, n'est-ce pas ? J'ai toujours eu pour projet de revenir te chercher si jamais j'y arrivais, mais...

Il soupire profondément.

— Te souviens-tu de ce que tu as éprouvé la première fois qu'on t'a enlevé ton collier ? Cette poussée d'adrénaline, ce besoin de muter, tous les sens en surmultiplié ?

— Oui. L'homme qui m'a ouvert le mien m'a aidée à contrôler ces pulsions.

— Tu as eu plus de chance que moi, alors, commente-t-il d'une voix triste. Je me suis transformé et j'ai couru pendant des heures avant de parvenir à reprendre le contrôle de mon loup. Quand j'ai repris forme humaine, j'étais en dehors de la ville et très loin de la tanière de la Meute. Je savais qu'ils auraient remarqué mon absence et que tous les gardiens seraient sur leurs gardes, que la sécurité renforcée m'empêcherait d'y retourner en douce pour venir te chercher, surtout s'ils avaient compris ce que j'avais découvert au sujet des colliers.

— Ils nous ont obligés à dormir dans l'entrée, expliqué-je lentement, me souvenant de la hâte avec laquelle ils nous ont fait sortir de notre chambre sans donner d'explication, même si je savais que c'était à cause de la disparition de Lennox.

Heureusement qu'il m'avait laissé une note, sinon, j'aurais pu croire que la Meute l'avait tué.

— Je ne pouvais pas revenir en arrière. Je ne m'attendais pas à te revoir un jour. Je ne savais même pas si tu étais toujours en vie. Il y a quelques années, je tombais parfois sur ta patte, mais ensuite, plus rien.

— Oui, je ne voyais pas l'intérêt de continuer.

Après la fuite de Lennox, je m'étais mise à laisser de petites traces de pattes près des corps. Juste au cas où. Petites comme elles l'étaient, seul un assassin pouvait les remarquer, et à condition de chercher une signature. Nous en avons presque tous une. Une manière de nous montrer aux uns et aux autres qui a commis l'assassinat. C'est surtout pour se vanter, en fait. Dans mon cas, il s'agissait d'un message pour Lennox. Auquel il n'a jamais répondu. Pourtant, c'est agréable de découvrir qu'il les a vus. Que je n'ai pas fait tout ça pour rien. D'une manière étrange, notre amitié ne s'est pas terminée à son départ. Elle s'est poursuivie à travers ces instants fugaces, chaque fois qu'il a vu ma marque ou que j'ai entendu parler de ce loup blanc aperçu non loin.

— Je suis contente de savoir que tu ne m'as pas volontairement abandonnée, dis-je enfin. C'était dur, sans toi.

Il pose un bras sur mes épaules, à ma grande surprise. Nous ne nous sommes pas touchés une seule fois depuis mon réveil. Aucune étreinte. Je le regrette à présent. J'aurais dû l'enlacer. Je devrais le faire tout de suite. Je me tourne et passe mes bras autour de son torse. Et réalise une nouvelle fois combien il est devenu large. Je pouvais sans problème croiser mes mains dans son dos, autrefois. Maintenant, je ne peux même pas toucher le bout de mes doigts tandis que je le câline comme un tronc d'arbre.

Il hésite un instant, puis me rend mon étreinte, pressant son corps chaud contre le mien. J'inhale son odeur, un loup sauvage mélangé à une fragrance d'homme plus épicée.

— Je suis content de t'avoir retrouvée, murmure-t-il en m'attirant encore plus près de lui.

Nos corps se touchent partout, désormais, et je prends tout à coup pleinement conscience des changements en chacun de nous. Il est un homme, maintenant, et moi une femme adulte. Je n'avais pas de seins la dernière fois que je l'ai étreint. Enfin, pas aussi développés du moins. Maintenant, ils sont pressés contre son torse dur. Des petits frissons s'étendent de mes tétons jusqu'au reste de mon corps, m'obligeant à reculer à la hâte.

Lennox me relâche, et le silence s'installe entre nous. Nous sommes gênés tous les deux. Et choquée, en ce qui me concerne. Mon corps a réagi au sien. Pas comme avec un ami, mais comme avec un homme. Il va falloir que je réfléchisse à tout ça. Non pas qu'il y ait la moindre chance que nous puissions être plus que des amis. Nous sommes occupés tous les deux et j'ignore toujours pour qui il travaille. En plus, nous sommes des assassins. Nous ne sommes pas du genre à avoir une relation. Nous tuons et nous faisons tuer, c'est aussi simple que ça. Et ce n'est pas tout. Je suis un félin, lui un loup. Ce n'est pas une simple coïncidence si chiens et chats ne peuvent pas s'entendre. C'est intrinsèque, un sentiment qui éclatait parfois à la surface quand Lennox et moi nous chamaillions. C'est une animosité impossible à expliquer. Une tension qui n'aurait pas dû se trouver là. Peut-on surmonter ce genre de problèmes ? Je n'en suis pas sûre.

— Nous devrions y aller, marmonné-je, en attendant qu'il me guide.

Il me regarde, mais je détourne les yeux. Je ne veux pas qu'il voie combien je me sens vulnérable en cet instant. Moi qui croyais avoir le contrôle de mes émotions.

J'avais sacrément tort.

CHAPITRE 13

Nous nous arrêtons devant un grand bâtiment étroit coincé entre deux maisons plus imposantes, comme un morceau de fromage entre deux tranches de pain.

— Nous y sommes, déclare Lennox en fouillant dans ses poches, sans doute pour trouver une clé.

— Et où sommes-nous ? demandé-je, toujours frustrée qu'il m'ait conduite je ne sais où sans que je ne sache la moindre chose sur notre destination.

C'est peut-être un piège.

— Patience, chaton, pouffe-t-il.

Je manque de le frapper à cet usage de ce vieux surnom. J'avais oublié qu'il m'appelait comme ça autrefois. Il était le seul à en avoir le droit. Rarement. Parfois, je le frappais quand il s'en servait.

Il semble deviner mes pensées.

— Moi qui croyais que tu allais me cogner, je suis content de m'être trompé, se marre-t-il. Est-ce que je peux t'appeler « minou », alors ?

Je lui donne un coup de genou dans les parties. Pas trop fort, car je ne suis pas aussi cruelle, mais suffisamment pour le faire grimacer et se plier en deux.

— Très bien, je retiens la leçon, dit-il d'une voix sifflante. Pas de « minou ». Maintenant, reste dehors et attends-moi. Je vais voir s'il est là. Il n'aime pas les surprises.

Je voudrais protester, mais il m'adresse son fameux regard « fais-moi confiance et ne dis rien ». Je me souviens de ça, aussi. Lennox était l'un des rares que j'écoutais. Disons, l'un des rares à ne pas se servir de menaces ou de violence pour me contrôler.

Tandis qu'il déverrouille et pénètre à l'intérieur, j'étudie la rue. Nous sommes tout à l'extrémité de la ville, près de la rivière. Une ancienne enceinte fortifiée ceint la zone, plus utilisée ni surveillée depuis longtemps. J'aimais cependant ces murs et courir dessus, m'imaginant être un soldat protégeant la ville. Je me moque de moi-même. Quelle idée saugrenue j'avais autrefois. Protéger la ville. Cette ville n'a pas besoin d'être protégée contre les étrangers, seulement contre elle-même. Contre ses habitants. J'ignore si toutes les villes ont un tel pourcentage de criminels ou si c'est seulement la nôtre. La plupart des gens d'ici sont impliqués dans des affaires louches, que ce soit la contrefaçon, le vol ou le meurtre. Cela dit, ça ne veut pas dire grand-chose. Je ne me mêle pas aux personnes ordinaires, sauf pour leur ôter la vie, bien sûr.

La rue est plutôt propre, et les jardinets à l'avant des maisons sont bien entretenus. Cette zone n'est pas aussi chic que celle où je me suis rendue hier soir, mais ça reste tout de même l'un des meilleurs quartiers de la ville. Il n'y vit pas assez de riches pour être la cible des voleurs, mais ce n'est pas non plus suffisamment bon marché pour attirer les individus les moins recommandables.

Lennox prend son temps, dis-moi. J'en profite pour vérifier que tous mes couteaux sont à leur place. Mes aiguilles empoisonnées se trouvent toujours dans le col de ma tunique. J'ai d'autres ustensiles dans mon sac, mais, en attendant, j'ai assez d'armes sur moi pour me défendre. Ou attaquer. Les deux sont possibles, dans mon métier.

— *Miaou.*

Un petit chat se cache dans les buissons du jardin d'en face.

— Salut, soufflé-je. Tu es l'un des chats de Ryker ?

Il me projette sa réponse positive. Ravie de savoir que j'ai l'un de mes espions sous la main.

— Va chercher quelques amis, murmuré-je, sachant que le chat m'entendrait contrairement à toutes les autres personnes présentes. Explorez les alentours. Vérifiez cette maison. Surveillez qu'il ne s'y passe rien d'étrange.

— *Miaou.*

Faim. Mon estomac gargouille en réaction.

— Je te nourrirai dès que je rentrerai chez moi, lui assuré-je. Et pas que toi, mais vous tous, peu importe combien vous êtes.

Le chat me lance un dernier regard, puis part en courant, me laissant un peu plus confiante qu'avant. Même si Lennox me cache quelque chose, je découvrirai quoi. Pour qu'il soit prêt à m'offrir autant d'argent pour renoncer à mon enquête, ça doit être du lourd. Du très lourd.

Un étrange besoin de protéger Lennox s'infiltre dans mon esprit. Je ne veux pas qu'il se retrouve blessé. Je me rappelle ensuite qu'il s'en est très bien sorti pendant dix ans sans que je le protège, donc c'est plutôt ridicule de ma part de penser qu'il puisse avoir besoin de moi. C'est un adulte. Il peut prendre soin de lui tout seul. Il sait quand s'impliquer et quand rester en retrait.

— Tu peux entrer ! crie-t-il depuis l'intérieur.

Tant mieux, je déteste poireauter.

Il est dans le salon, en compagnie d'un homme qui me tourne le dos. Je renifle l'air. Il y a quelque chose de familier chez lui, bien que je ne voie que l'arrière de sa tête. Son odeur… je l'ai déjà rencontrée, pas suffisamment longtemps cependant pour l'avoir enregistrée convenablement. Posséder un cerveau humain et avoir accès à mes sens de panthère signifie que je reçois parfois des messages des deux en même temps, mais que je n'ai pas toujours le temps de les relier entre eux. Dans ce cas-là, je connais cette odeur, sauf que je n'arrive pas à la relier à un souvenir. Cela m'arrive souvent. Parfois, je me demande si nous avons le droit d'exister. Nous, les métamorphes, je veux dire. En partie humains, en partie animaux. Pas tout l'un ou tout l'autre. Nous sommes peut-être vraiment une erreur de la nature, comme certains instructeurs de la Meute le disaient souvent. Pas un accident, non, une erreur. Quelque chose qui ne peut se corriger que de force.

— Viens rencontrer mon… ami, lance Lennox, avec une légère hésitation avant le dernier mot.

Serait-ce son patron ?

L'homme se tourne lentement.

— Ravi de te revoir, me dit-il d'une voix chaleureuse et agréable.

Putain. Le type au haut-de-forme. Mon bienfaiteur anonyme. L'homme qui m'a sauvée.

Lorsque je l'ai rencontré, il portait un chapeau et un gilet. Aujourd'hui, il ne porte qu'un costume simple, mais coûteux. Ses cheveux sont presque entièrement blancs, mis à part les deux mèches noires qu'il tire vers l'arrière. Son regard est aussi intense que dans mon souvenir. Les cicatrices sur ses pommettes ne me paraissent plus aussi prononcées que lorsque j'étais seule dans une pièce sombre avec lui.

— Vous, balbutié-je, sidérée.

Je ne m'attendais pas à ça, pas le moins du monde. Je ne l'ai vu qu'une seule fois ; depuis, nous ne communiquons que par courrier. Il m'envoie parfois les informations nécessaires pour un travail – c'est-à-dire les *gens* – qu'il aimerait que j'exécute et, une fois, il m'a même prévenue que la Meute était particulièrement active près de chez moi. Je sais qu'il me surveille de loin, mais il n'a jamais semblé vouloir que nous nous revoyions en face.

— Vous vous connaissez ? demande Lennox, perdu.

Je hoche la tête, toujours secouée et confuse.

— C'est…

— Un ami, me coupe l'autre homme.

Merde, je ne connais même pas son nom. Je n'ai jamais évoqué avec Lennox mon bienfaiteur anonyme, n'est-ce pas ? Si ? Nous avons parlé de temps de choses et je me suis perdue dans mes souvenirs…

— Nous nous sommes déjà rencontrés, ajoute-t-il. Pourquoi l'as-tu fait venir ici ?

Oh, donc Lennox ne le lui a pas encore dit. De quoi parlaient-ils alors pendant que j'attendais dehors ? De la pluie et du beau temps ? Plutôt nuageux, aujourd'hui, avec des risques de meurtre.

— Elle enquête sur l'assassinat de M. Kindler, explique Lennox. J'ai pensé que vous pourriez avoir des informations pour elle.

L'homme sourit.

— M. Kindler, oui. Ma petite-fille allait souvent dans son magasin. Jusqu'à une certaine rumeur. Elle a arrêté de s'y rendre, évidemment, depuis.

— Quelle rumeur ?

— Que ses bonbons contiendraient certaines substances, répond-il d'une voix douce. Le genre de choses qu'on ne voudrait pas voir son enfant manger.

— Du sucre, par exemple, réplique Lennox.

L'inconnu ne trouve cependant pas ça amusant.

— C'est donc pour ça ? demandé-je en comprenant les implications. Quelqu'un a tué Winston Kindler pour qu'il arrête de faire ça ? Ou pour se venger ?

Les yeux de l'homme se rivent aux miens, sans ciller, tellement intenses. Je fais remonter ma panthère à la surface et, pendant un instant, mes pupilles changent de couleur. L'homme écarquille les yeux, puis sourit.

— Je sais qui l'a tué. Je ne peux pas te le dire, par contre, parce que j'approuve cet acte. Je ne peux que te conseiller d'arrêter d'enquêter et de laisser tomber cette histoire.

Je fronce les sourcils.

— Va-t-il y avoir des conséquences si je continue ?

— Pas de ma part, non, affirme-t-il, ce qui me surprend. Mais tu empruntes un dangereux chemin. Certaines personnes sont impliquées et préféreraient rester anonymes, ma chère. Si j'étais toi, je resterais loin d'elles. Surtout avec ton passé.

— Que vendait-il ? intervient Lennox, qui s'était tu jusque-là. Qu'y avait-il dans ces bonbons qui puisse valoir qu'on le tue ?

L'homme se tourne vers lui, et son visage se durcit.

— Je ne devrais pas te dire ceci, mais cela convaincra peut-être notre amie ici présente de laisser son nez en dehors de cette affaire.

Il pousse un profond soupir.

— Vous savez tout comme moi qu'il y a eu de plus en plus de naissances de métamorphes ces dix dernières années. Les humains et les métamorphes procréent, sciemment ou non. Même si tous les enfants ne naissent pas métamorphes, ils portent le gène et peuvent le transmettre à leurs descendants. Cette perspective effraie certaines personnes, qui veulent que les humains restent purs. Ils refusent l'évolution, ils veulent contrôler la situation. La Meute est l'un des outils à leur disposition pour tenir les métamorphes en laisse. Excusez le jeu de mots. Le problème avec les enfants cependant, c'est que parfois ils ne se transforment qu'à l'adolescence. Il est impossible de savoir avant s'ils portent ou non le gène. Eh bien, plutôt que d'attendre, quelqu'un a trouvé un nouveau moyen de s'assurer que les enfants métamorphes ne deviennent pas des adultes métamorphes.

— Les bonbons, s'écrie Lennox, en écho à mes pensées. Ils les ont empoisonnés.

L'homme hoche la tête, et des rides de tristesse apparaissent sur son front, le faisant paraître plus vieux.

— Ils ont découvert un poison qui n'affecte que les enfants possédant des gènes de métamorphes. Je ne sais pas ce qu'il leur fait. Cela ne semble pas les tuer tout de suite, mais peut-être que cela le fera à long terme. Ou bien peut-être que cela les rendra infertiles. Toujours est-il que je refuse que ma petite-fille continue d'en ingérer.

Je hoche la tête, compréhensive.

— Est-elle… ?

— Sa mère. Ma belle-fille.

C'est logique. Voilà pourquoi il m'a aidée. Voilà pourquoi il me raconte tout ceci. Il y a des métamorphes dans sa famille, même s'il n'en est pas un lui-même. En m'aidant, ainsi que Lennox, il essaie de faire de cette ville un lieu plus sûr pour sa petite-fille.

— C'est pour ça que vous ne voulez pas que j'enquête. M. Kindler était un méchant. Il faisait du mal aux métamorphes. La personne qui l'a tué a fait une bonne action. Son tueur est l'un d'entre nous.

— L'un d'entre nous ? se moque Lennox. Dans ce milieu, il n'y a pas de gentils ou de méchants. Nous sommes tous les méchants, tu t'en souviens ? Depuis quand avons-nous cessé de l'être vu ce que nous faisons ?

Je hausse les épaules.

— Tu joues sur les mots. Ce n'est pas parce que je suis un assassin que je n'ai pas d'éthique. Je ne ferais jamais de mal à un enfant ou un animal. Je déteste torturer mes victimes, à moins qu'elles ne le méritent. J'agis vite et sans douleur. Je suis plutôt un gentil assassin.

L'homme mystérieux éclate de rire, pourtant, une certaine tristesse s'attarde dans son regard.

— C'est joliment dit. Mais tu te trompes quand même. Winston Kindler n'a pas eu son mot à dire dans cette histoire. Il a été contraint par les personnes contre lesquelles je me bats, moi aussi. Une mission pour laquelle ton jeune ami m'aide.

Je regarde Lennox, qui semble mal à l'aise de se faire qualifier de « jeune ». Je lui fais un grand sourire. Je ne vais pas me priver de l'appeler « mon jeune ami » par la suite. S'il y a une suite pour nous. Resterons-nous ensemble après aujourd'hui ? Nous retrouverons-nous régulièrement ? Ou bien est-ce notre dernière rencontre ? Allons-nous prendre des chemins différents et accepter que la vie nous a séparés ?

Je repense à tous les indices que j'ai collectés.

— La main. C'était une menace.

— Hein ? demande Lennox avec beaucoup d'éloquence.

— J'ai trouvé un message au magasin de bonbons qui m'a conduite dans un appartement près du marché. Là, j'ai trouvé la main d'une femme dans le frigo. Je pensais que c'était un message adressé à Winston Kindler. Que soit il connaissait la femme, soit on lui faisait comprendre par ce biais ce qui lui arriverait s'il ne faisait pas ce qu'on lui demandait.

Je me souviens d'autre chose, aussi.

— Le message mentionnait cent enfants. Peut-être que Kindler était censé en empoisonner ce nombre-là ?

Je regarde Lennox, comprenant quelque chose d'important.

— J'ai trouvé quatre corps hier, l'un d'eux étant celui de la femme à la main coupée. Un homme est venu dans ce sous-sol, et je l'ai suivi jusqu'à la maison où tu... où nous nous sommes rencontrés. Ce qui signifie que cet homme est mêlé à l'empoisonnement des enfants.

Lennox fait la grimace.

— Il est arrivé environ une demi-heure avant que je te remarque ?

Je confirme.

— Alors il est intouchable. Je le connais. Personne n'oserait s'en prendre à lui. Mon employeur travaille avec lui, et même lui en a peur.

Intéressant. Cela signifie que l'Homme Mystère n'est pas le patron de Lennox. Alors comment ces deux-là se connaissent-ils ?

— Comme je l'ai dit : laisse tomber, intervient l'homme, la mine sombre. Ne t'en fais pas, d'autres se chargent de cette histoire. Reprends tes affaires. Je peux te fournir quelques cibles, si jamais tu t'ennuies.

Je secoue la tête. Je ne veux pas de son aide. Je n'en ai pas besoin. J'ai suffisamment de contrats pour m'occuper pendant des mois. Mais je n'ai pas envie d'arrêter là. Je suis si proche du but. Maintenant que j'ai cette information vitale, de plus en plus de pièces se mettent en place. La raison pour laquelle il a offert ses bonbons après sa mort. Il n'y a rien de plus efficace pour les distribuer aux enfants dans toute la ville qu'en les leur jetant pratiquement dans les mains. Et Caitlin, l'employée, est peut-être impliquée dans tout ça. Elle m'a dit que sa famille est pauvre. Cela fait d'elle une cible facile pour se faire soudoyer et manipuler. Peut-être espionnait-elle M. Kindler.

— Maintenant, il faut vraiment que je me remette au travail, lance l'homme, indiquant très clairement que la conversation est terminée. N'essaie pas de me retrouver ici à l'avenir. Je n'y habite pas, et je ne travaille pas non plus par ici. Si tu as besoin de moi, tu sais comment me contacter, mais réserve ça pour les urgences. Je ne veux plus entendre parler de cette affaire Kindler.

— Oui, monsieur, dit Lennox, tandis que j'opine.

Mon acquiescement est peut-être un mensonge, ou peut-être pas. Je n'ai pas encore décidé. Je vais devoir réfléchir à tout ça, chez moi, avec le reste de mon équipe et les chats.

CHAPITRE 14

Je ne ramène pas Lennox chez moi. C'est encore trop tôt, et il y a trop de travail. Nous avons convenu de nous retrouver le lendemain, cependant, pour discuter de tout cela. Sans que je ne sois la victime d'un enlèvement. Nous avons choisi un terrain neutre, à savoir un café en ville, où nous pourrons boire tranquillement un thé, et peut-être manger du gâteau. Non, ce n'est pas un rencard. C'est ce que je n'arrête pas de me répéter en rentrant en courant chez moi, par les toits. Pas un rencard du tout. Je le connais depuis mes trois ou quatre ans, alors non, ça ne pourrait pas être un rendez-vous, non. Ce n'est pas comme si nous venions juste de nous rencontrer.

De retour au quartier général de *Miaou*, je peux m'emplir le cerveau d'autres pensées. Lily et Beth traînent dans le salon.

— Benjamin est dehors, il nourrit les chats, m'informe la première. Mais tu étais où, bon sang ?

Je hausse les épaules et m'affale sur l'un des canapés.

— Je me suis fait kidnapper. Rien de méchant. J'ai aussi déniché plein d'informations sur cette affaire. Si quelqu'un veut les entendre, je les échange contre de la nourriture. Je meurs de faim.

Beth me jette un paquet de chips, que j'attrape d'une main paresseuse.

— Je pensais à de la vraie nourriture, mais ça fera l'affaire pour l'instant, marmonné-je, salivant rien qu'en ouvrant le sachet.

N'ayant rien mangé de la journée, je suis affamée.

— Alors, c'est quoi cette histoire de kidnapping ? me relance Lily. Il faut que je tue qui ?

— Un garçon de mon passé.

Je soupire.

— Un homme, plutôt.

Lily siffle.

— Il est sexy ?

— Si Kat a remarqué que c'était un homme, je dirais que oui, s'amuse Beth. Parle-nous-en.

Depuis quand *Miaou* est devenu une horde de commères ? Nous ne nous sommes jamais organisé de petites sauteries pour parler de garçons. D'hommes. Peu importe. Du sexe opposé, quoi.

— Je sais pourquoi Winston Kindler s'est fait tuer…

— Troooop chiaaaaant, me coupe Beth. Parle-nous de ton amoureux !

Je grogne et me cache le visage derrière le sachet de chips.

— Ce n'est pas mon amoureux. Je n'aurais jamais dû en parler. C'est juste un mec qui m'a kidnappée, puis offert une tasse de thé avant de me laisser partir.

Lily éclate de rire.

— Est-ce que tu vas le laisser te kidnapper encore une fois ?

— Non, répliqué-je sèchement. Ce n'est pas mon truc. Mais je le revois demain. Pour parler de l'affaire.

— Bien sûûûûûr, commente Beth, hilare, en étirant le dernier mot comme si c'était du chewing-gum. Juste de l'affaire. Donc ça ne te gêne pas que je me joigne à vous ?

Qu'ai-je fait pour mériter ça ? Je me croyais la patronne, mais il semblerait que je me sois transformée en… quoi, exactement ? Nana sur laquelle cancaner ? Amie ? Je ne m'y attendais pas.

Je suis sauvée par l'arrivée de Benjamin, dont le pull noir est recouvert de poils de chat. Il arbore un immense sourire un peu fou. Il a dû passer beaucoup de temps avec les félins. Tant mieux. Je me sens un peu coupable de ne pas pouvoir les nourrir. Après avoir parlé avec mes humains, j'irai discuter avec les chats, pour savoir s'ils ont du nouveau. Et pour leur demander d'espionner à la fois la maison où j'ai rencontré l'homme mystère, ainsi que Lennox. Juste au cas où.

— Qu'est-ce que j'ai manqué ? demande Benjamin, appuyé au chambranle.

Dans cette position, je peux comparer sans peine sa silhouette de jeune homme avec le corps masculin de Lennox. J'étais honnête avec Lily quand je lui ai dit que Benjamin est trop jeune pour moi. C'est toujours un chaton, dans un sens. Il n'a même pas encore de barbe.

— Kat a un copain, réplique Lily, et je lui balance un coussin.

Malheureusement, ses réflexes sont presque aussi bons que les miens, et elle l'attrape avant qu'il ne puisse la toucher.

— Winston Kindler empoisonnait les enfants, lancé-je d'un ton sec avant que la situation ne dégénère.

J'obtiens immédiatement le silence que j'espérais.

— Quoi ? s'écrie Beth, qui en a perdu le sourire. Comment ?

Je leur fais un rapide résumé de ce que m'a rapporté l'Homme Mystère.

— Voilà pourquoi il ne payait pas ses factures intégralement, marmonne Benjamin en allant s'asseoir à côté de Beth. Et pourquoi il recevait des virements. C'était soit pour le soudoyer, soit pour financer le matériel nécessaire pour le poison.

Je hoche la tête.

— Tout s'assemble. Enfin, la plupart de nos découvertes en tout cas. La plus grande question reste de savoir si on l'a forcé à faire ça ou non. Ou bien s'il a commencé par apprécier l'idée, puis a changé d'avis et s'est fait menacer pour éviter qu'il ne les trahisse.

— Couper la main d'une femme morte est un moyen plutôt efficace de menacer quelqu'un, commente Beth, plus sérieuse que jamais. Il nous manque encore des réponses, cela dit.

— Et si tu nous les résumais ? suggère Lily, et j'approuve.

Bethany, qui semble surprise par nos encouragements, se racle la gorge.

— D'abord, nous ignorons toujours qui dormait dans la réserve de la boutique. Nous ne savons toujours pas ce qu'ouvrent ces clés, ni à quoi correspond le numéro trouvé dans le cabanon de Kindler. Et les Crocs, alors ? Est-ce que l'idée du poison vient d'eux ? Est-ce eux qui tirent les ficelles ? Sinon quel est leur lien avec cette affaire ?

— Que de bonnes questions, approuvé-je, la faisant sourire. Une autre à nous poser, c'est : allons-nous continuer à enquêter ? Aucun de vous n'est un métamorphe, donc vous avez peut-être un point de vue différent, mais…

— Il faut les arrêter, me coupe Lily. Nous ne pouvons pas laisser des gens continuer à tuer. Enfin, s'il s'agit de tuer des adultes, je suis partante, mais empoisonner des enfants ? Porter atteinte d'une manière quelconque à leur santé ? Non, c'est mal. Je n'ai peut-être pas beaucoup de morale, mais j'ai un cœur.

Je lui souris. Je ressens la même chose. Certaines choses dans cette affaire franchissent une limite que même des assassins ne franchiraient pas.

— L'homme que tu as rencontré t'a dit qu'il travaillait contre eux, c'est ça ? demande Benjamin.

Je hoche la tête.

— Nous devrions peut-être changer de camp, alors. Arrêter d'enquêter sur le meurtre de Kindler, arrêter de le considérer comme une victime et commencer à chercher le tueur non pas pour le combattre, mais pour nous associer à lui ou elle. L'assassin s'en est pris à Kindler à cause de ce qu'il a fait. Quelqu'un contre ça est forcément de notre côté.

— À moins que ce ne soit ses alliés qui l'aient tué, objecté-je.

On l'a poignardé de manière rapide et efficace. Comme le ferait soit un professionnel, soit une personne sans lien émotionnel avec lui, soit quelqu'un voulant faire vite parce qu'il le connaissait, justement. Nous ne savons pas si le tueur cherchait à stopper les empoisonnements. Peut-être que Winston était devenu une gêne et qu'il fallait l'arrêter avant qu'il ne révèle à quelqu'un ce qu'il était en train de faire.

— Au fond, il faut toujours qu'on trouve son tueur, commente Lily avec un soupir. Puis que nous décidions si on le tue ou si on travaille avec. Donc on n'a pas franchement avancé.

Je secoue la tête.

— Si, nous avons fait beaucoup de progrès. Nous avons désormais de nouvelles approches. Benjamin, j'aimerais que tu me trouves qui a acheté la confiserie. Peut-être que l'acheteur est mêlé à tout ça, peut-être qu'il va poursuivre l'empoisonnement. Beth, jette un nouveau coup d'œil à la poudre que j'ai rapportée de l'appartement situé place du Marché. Tu pourras peut-être trouver comment il fonctionne et s'il existe un antidote.

— J'ai déjà commencé pendant que tu t'amusais à te faire enlever, réplique-t-elle, un petit sourire aux lèvres. Je n'ai jamais rien vu de tel. Je vais devoir emprunter des livres à mes amis pour voir s'il est mentionné quelque part.

— Des amis ? la taquine Lily. Depuis quand est-ce que tu en as ?

— J'en ai plus que toi, rétorque sèchement Beth. J'ai une vie sociale, tu sais.

Je manque de rire, mais je me retiens, car elle ne mérite pas nos moqueries. Je ne sais pas grand-chose de sa vie d'avant, cependant, elle n'a été facile pour aucun de nous quatre. Si elle a des amis, grand bien lui fasse. J'aimerais que nous en ayons tous. Surtout Benjamin. Il aurait bien besoin d'interactions sociales. Je fais la grimace mentalement. Suis-je en train de devenir une maman chat en souhaitant que mes employés aient un bon équilibre entre travail et vie privée ? Ce n'est pas franchement ce que l'on attend dans une entreprise dont le mot d'ordre est « Nous tuons pour que vous n'ayez pas à le faire. »

— Lily, as-tu rencontré le frère de Winston ?

— Non, mais j'ai rendez-vous avec lui ce soir.

Elle me fait un clin d'œil.

— Eh bien, je ferais mieux de te laisser aller te préparer. J'ai besoin de dormir.

Avant de le faire cependant, je me rends dehors pour voir les chats. Un mâle particulièrement grand est assis en haut de l'escalier, comme s'il m'attendait. Ses longs poils gris sont broussailleux, surtout autour du cou. Cela ressemble presque à une crinière de lion, légèrement argentée et brillant sous le soleil couchant. Ses yeux sont d'un jaune profond, avec de minces pupilles acérées. Ses pattes avant sont disproportionnées. Il doit pouvoir donner un sacré coup, avec.

Il est parfaitement immobile, à part ses oreilles qui oscillent de temps en temps. Une certaine autorité se dégage de sa posture et de son regard.

— Ryker ? demandé-je, soupçonnant que ce soit le leader des chats.

Il a des allures de patron, en tout cas.

Il cligne des yeux. Je vais prendre ça pour un oui.

— Tu veux parler ?

Nouveau clignement des yeux.

— Très bien, on se retrouve dans le jardin de derrière. C'est trop exposé, ici.

Il s'éloigne sans un regard. Quel animal arrogant. Pas étonnant qu'il commande tout un groupe de chats.

Je retourne à l'intérieur et ressors par la porte de derrière, me transformant dès que je suis à l'extérieur. Je me secoue, pour m'adapter à ma nouvelle forme. Mon pelage se réchauffe immédiatement sous les rayons du soleil, et je suis tentée de m'allonger pour faire une petite sieste. Hélas, j'ai du travail. Comme toujours.

Ryker descend d'un bond du mur ceignant le jardin, atterrissant avec élégance devant moi.

— Bonsoir, dit-il d'une voix profonde et affectée.

Je m'attendais à ce qu'elle soit très rauque, ou très distinguée, donc ça correspond.

— Bonsoir. Ravie de te rencontrer enfin.

— Moi de même. Mes frères et sœurs m'ont beaucoup parlé de toi. Ça m'a rendu curieux à propos de cette humaine-chat.

— Tes frères et sœurs ? C'est ainsi que tu les appelles ?

Il sourit, dévoilant ses canines acérées.

— Nous formons une famille. Que je dirige, bien sûr. Chaque famille a besoin d'un guide. Mais oui, nous sommes liés. Nous nous protégeons, nous aidons quand l'un de nous a besoin d'aide, partageons notre nourriture si nécessaire. Cela dure depuis quelques années, quand ce tueur de chats hantait les rues. En restant ensemble, nous avions plus de chances de survivre. Et de le tuer.

Je rugis doucement, surprise.

— Vous avez tué un homme ?

— Évidemment. Il constituait une menace pour les félidés. Tu tues des gens, toi aussi, non ?

— Oui, mais…

Je ne sais pas quoi dire. C'est perturbant de savoir qu'un groupe de chats a tué un humain. Je ne le leur reproche pas, bien sûr, s'il assassinait les leurs. En fait, je les approuve, même. Mais quand même… c'est inattendu. Et ça peut être pratique. S'ils ont déjà tué avant, ils pourraient le refaire. Peut-être que je pourrais les intégrer de manière permanente à *Miaou*. Pas seulement en tant qu'espions, mais aussi pour quelques assassinats de temps à autre.

— Peu importe. Tu voulais me parler ?

Ryker opine.

— Tempête m'a dit que tu avais eu des ennuis hier soir. J'ai mis certains de mes chats sur l'affaire. Ils surveillent la maison où tu as été détenue, ainsi que les deux humains que tu as rencontrés ensuite.

Ce type est fantastique !

— C'est exactement ce que j'allais vous demander de faire, avoué-je. Merci pour votre aide à tous.

Ses yeux pétillent de malice.

— Ça a un prix. Il nous faut plus de nourriture. Nous avons également deux chatons orphelins qui ont besoin de lait et de couvertures chaudes.

— C'est une sacrée requête, répliqué-je, en bluffant.

Je suis prête à leur donner toute la nourriture qu'ils veulent, non seulement parce qu'ils m'aident, mais surtout parce que ce sont des chats. Tout simplement. Je préfère gâter ces derniers que les humains.

— Qu'est-ce que j'obtiens en échange ?

Il en perd le sourire.

— Toutes les informations que nous pouvons rassembler. Une protection pour le cas où tu aurais à nouveau des ennuis. Nous devrions mettre au point un signal que nous pourrions transmettre à tes compagnons humains afin qu'ils sachent ce qu'il se passe.

— Tu sais, je ne me fais pas kidnapper, en général, protesté-je. Ça ne va pas se reproduire.

— Considère que ça fait partie du service. Un coup de griffe pour dire que tu es blessée, deux pour enlevée et trois pour morte ?

Je lui rugis dessus.

— Ils ne vont pas apprécier de se prendre des coups de griffe. En plus, je ne prévois pas de mourir bientôt.

— Un jour, nous mourrons tous, répond-il calmement.

Un chat philosophe, vraiment ?!

— Avez-vous trouvé autre chose d'utile ? demandé-je afin de dissiper l'ambiance soudain morbide.

— La femelle humaine qui travaille au magasin de bonbons. Elle y dort, dans l'autre pièce.

— Dans la réserve ? Sur ce matelas ?

— Oui. Elle s'est aussi rendue dans une certaine maison près du marché. Celle que Tempête t'a montrée.

— Quand ?

Mon esprit tourne à plein régime. Caitlin travaille pour ceux qui ont peut-être tué son employeur ! Je savais que quelque chose clochait chez elle.

— Peu après que tu t'y es rendue. Hélas, mon frère a dû retourner voir ses chatons, il n'a donc pas pu la suivre ensuite. Mais elle est retournée au magasin aujourd'hui.

— Ça m'est très utile. Merci. Il faut que j'aie une nouvelle conversation avec elle. Autre chose ?

— Cette maison ne sent plus la mort. Je présume que les cadavres humains ont été récupérés.

Merde. D'accord, je m'y attendais un peu, mais ça reste ennuyeux. J'espérais pouvoir analyser une nouvelle fois Winston Kindler ou la femme à la main coupée. Au moins, nous avons celle-ci. Elle va bien nous servir à quelque chose, quand même.

— Bien. Tenez-moi au courant si l'un de vous trouve autre chose de suspect ou si l'une des personnes que vous surveillez fait quelque chose d'étrange.

— Comme arracher des fleurs dans un cimetière ? réplique-t-il en souriant. Parce que c'est ce qu'a fait le jeune mâle.

Il s'éloigne d'un bond en gloussant. J'espère vraiment que c'est une blague. Je l'espère vraiment très fort.

CHAPITRE 15

*B*eurk. Lennox a vraiment apporté des fleurs pour notre entrevue. Pense-t-il que c'est un rencard ? Ce n'est rien de la sorte. C'est un rendez-vous professionnel, une conversation entre deux vieux amis à propos d'une affaire. Rien de plus.

Je fixe sa main tendue. Si j'accepte les fleurs, est-ce un engagement ? Devrais-je les prendre quand même, puis les donner à manger à un animal plus tard ? Et si je les refuse, sera-t-il moins enclin à me parler de son patron ? J'ai besoin que Lennox soit de mon côté. Je n'aurais jamais cru que des fleurs puissent être aussi importantes.

En général, elles me servent quand j'ai une décision à prendre : j'arrache les pétales un par un pour déterminer si je dois tuer ou mutiler quelqu'un.

Décidant de souffrir en silence, je prends les fleurs et les observe d'un air dégoûté. Comme il y a un pichet d'eau sur la table, je les mets dedans, en planifiant de les oublier accidentellement quand je partirai.

— Je n'en reviens toujours pas de t'avoir retrouvée, dit Lennox en souriant une fois que nous sommes assis.

Nous nous trouvons dans un charmant petit café près de la

rivière. Je n'y suis jamais allée – je ne suis pas du genre à m'asseoir dans les cafés pour lire un livre et manger une part de gâteau –, mais je peux comprendre pourquoi Lennox a choisi cet endroit. Nous commandons nos boissons à une serveuse bien trop guillerette, puis Lennox ajoute, après réflexion, une assiette d'amuse-gueule. Apparemment, ils sont bons, ici.

— On ne peut pas dire que tu m'as retrouvée, répliqué-je. Nous sommes plutôt tombés l'un sur l'autre par erreur.

Il hausse les épaules.

— Oui, mais ça me rend quand même heureux. Tu n'imagines pas le nombre de fois où j'ai pensé à toi, où j'ai été tenté de m'introduire dans la tanière de la Meute pour te faire sortir de là.

— Eh bien, j'ai fini par en sortir, tu vois. Ne parlons plus de la Meute. J'ai oublié cette période avec grand plaisir.

Il hoche la tête.

— Moi aussi. Un jour, quand je serai riche et puissant, je les ferai fermer. Je libérerai tous les enfants, puis je démembrerai chaque leader un à un.

— Je pourrai t'aider ? demandé-je en souriant. C'est à peu près ce que je prévois de faire depuis des années.

Il me fait un clin d'œil.

— Ensemble. Comme au bon vieux temps. Ils ne sauront pas ce qui leur arrive.

La serveuse revient et pose une tasse de thé fumante devant moi. La couleur est un peu trouble, comme si elle n'avait pas utilisé une eau tout à fait propre, mais, pour être honnête, je m'en fiche. Je ne suis pas là pour boire du thé ; je suis venue parler avec Lennox.

— J'ai repensé à hier, dis-je dès que la fille s'est éloignée. Je ne veux pas arrêter mon enquête. Pas parce que je veux punir ou tuer la personne qui a fait ça à Winston Kindler, mais parce que je veux aider les enfants. Je ne peux pas rester sans rien faire en sachant que des gamins se font empoisonner. Des enfants comme nous. Des métamorphes.

Je soupire.

— J'ai passé beaucoup de temps à planifier la mort d'autres personnes et je n'ai aucun souci à l'idée qu'ils souffrent un peu. Mais les enfants, c'est une autre histoire. Imagine si nous avions été à leur place. Si nous n'avions pas connu la Meute.

Il me lance un regard dur.

— Je comprends ce que tu veux dire, mais on t'a dit de ne pas le faire. C'est trop dangereux.

Je soupire à nouveau.

— Et depuis quand est-ce que je fais ce qu'on me dit ? C'est important, Lennox. Si tu ne veux pas m'aider ou t'impliquer, pas de problème, je comprends. Mais, s'il te plaît, dis-moi qui est ton employeur. Qui se trouvait dans la maison où tu m'as enlevée ? Ils sont liés aux empoisonnements, et il faut que je les arrête.

Il me sourit tristement.

— Je ne peux pas te parler de mon patron, mais…

— Tu n'es qu'un lâche, soufflé-je.

Il grogne tout à coup. Ses yeux deviennent jaune brillant et la chair de poule recouvre ses bras. Le silence tombe dans le café, jusqu'à ce que les gens réalisent que ce n'était qu'un chien et se remettent à parler.

— Ne m'interromps pas, aboie-t-il. J'allais te dire que même si je ne peux pas te parler de lui, je peux te parler des autres. Et que j'ai déjà commencé mon enquête. Tu n'as peut-être pas une très haute opinion de moi, Kat, mais j'ai un cœur. Je ne supporte pas de voir souffrir ces enfants, moi non plus.

Je le dévisage.

— Tu vas m'aider ?

Il hoche la tête, et un sourire apparaît sur ses magnifiques lèvres. Attendez… pas magnifiques, non… Juste… ses lèvres. S'il s'implique, notre relation doit rester strictement professionnelle. Je ne peux pas me permettre d'avoir des sentiments pour lui.

— Je voulais voir ce que tu comptais faire. Si tu allais laisser tomber ou non, admet-il. J'étais sûr que non, mais beaucoup de temps a passé depuis notre dernière rencontre. Tu aurais pu avoir changé.

— J'ai changé, répliqué-je gentiment. Je ne suis plus la Kat que tu connaissais. Elle est morte il y a longtemps, quelque part dans la Meute.

Il secoue la tête.

— Non, tu es toujours là. Je sais que tu aimes prétendre être froide et sans cœur, mais il y a une conscience sous toute cette bravade. De la compassion. Rien n'a changé, et je doute que ça arrive un jour. Ils n'ont pas réussi à te briser, donc personne ne le pourra jamais.

Je retourne ses paroles dans ma tête. Je ne crois pas qu'il ait raison. J'ai tellement changé. Je suis devenue bien plus froide qu'il ne le pense. Nous ne nous sommes retrouvés qu'hier. Il ne sait pas tout ce qui s'est passé. Il n'a aucune idée de toutes les choses que j'ai faites, que j'ai dû faire. Ces choses dont je ne suis pas fière.

Je sirote mon thé et manque de le recracher.

— C'est dégueulasse.

Il se marre.

— Je ne viens pas ici pour la qualité du thé. Attends de goûter à la nourriture. Ça compense largement le fait qu'ils utilisent l'eau de la rivière pour leur breuvage.

Je repose ma tasse en la fusillant du regard.

— L'eau de la rivière ? C'est pour ça que je paie ?

D'accord, il m'est arrivé d'en boire quand je n'avais pas d'autre choix, mais nous sommes dans un café, là, pas dans une décharge.

Comme pour prouver les dires de Lennox, la serveuse apporte une grande assiette qu'elle pose sur la table, remplie d'aliments à grignoter. Des petites boulettes de viande, du gressin, des friands, des mini-brochettes de fromage et raisin, des olives garnies. Ça a l'air étonnamment bon.

— Goûte les aubergines au vinaigre, me conseille-t-il en en prenant lui-même. Elles sont délicieuses.

Je ris.

— Tu es devenu si chic. Tu n'appelais jamais les morelles des « aubergines », autrefois.

Il hausse les épaules.

— C'est plus joli. « Morelle », qui a bien pu inventer ça ? La mort elle-même, non ? Ça a l'air dégoûtant. Alors que « aubergine » fait tout de suite penser à du piquant qui fond dans la bouche avec une certaine douceur.

Je renifle bruyamment. Une vieille dame installée à une table voisine me lance un regard noir, mais je lui souris en réponse. Mes manières à table se résument à m'asseoir sur une chaise et à ne pas manger avec les pieds.

Nous mangeons en silence quelques instants. Lennox a raison, les aubergines au vinaigre sont délicieuses. Je n'ai jamais rien goûté de tel. Ce n'est pas vraiment le genre d'aliments que j'achète.

— Que sais-tu de la personne qui a tué ton propriétaire de confiserie ? lance-t-il tout à coup.

Je recrache un noyau d'olive tout en me demandant ce que je dois lui révéler. Puis-je lui faire confiance ? C'était le cas autrefois, entièrement, mais je ne suis plus sûre aujourd'hui. En plus, je me sens protectrice envers mon affaire. C'est ma première enquête sur un meurtre, après tout. Et la dernière. Je ne chercherai plus jamais d'assassins. C'est bien plus amusant d'être de l'autre côté de la loi.

— C'est un professionnel, répliqué-je enfin. Il a fait en sorte que la mort de Winston Kindler ait l'air violente et impulsive mais, en réalité, elle a été rapide. Et aussi très efficace et quasi sans douleur, comme s'il ne voulait pas que sa victime souffre.

— Penses-tu que l'assassin a été envoyé par les employeurs de Kindler ? Ceux qui lui donnaient les bonbons ? Ou par quelqu'un devinant ce qu'il faisait et voulant l'arrêter ?

— Ça peut être l'un ou l'autre. M. Kindler recevait des menaces, et était peut-être même victime de chantage. D'un autre côté, il faisait de bons profits avec ses confiseries empoisonnées et rien n'indique qu'il souhaitait arrêter de les vendre. Maintenant que je connais les effets du poison, je commence à penser que le tueur pourrait être de notre côté.

— De notre côté ? répète Lennox. Tu penses qu'il y a plusieurs camps ?

Je hausse les épaules.

— La personne qui a organisé tout ça déteste les métamorphes. Nous en sommes. Alors, il y a au moins deux camps.

— C'est vrai. Et je suis content que nous soyons dans le même.

Il m'adresse un sourire désarmant qui me donne envie de saisir mes couteaux pour lui trancher la gorge. Non pas parce que je le déteste. Mais parce que j'ai peur de tomber sous son charme. Parce qu'il est magnifique, déjà, et aussi parce que sa présence ravive un tas de bons souvenirs. J'avais oublié les bons moments passés au sein de la Meute. Ceux où Lennox et moi nous cachions pour échapper à nos maîtres. Où nous testions à quelle distance nous pouvions nous éloigner sans nous faire torturer. Ces sourires que nous nous adressions après nos punitions, ces gestes qui indiquaient que nous ne cédions pas. Nous nous sentions si forts, à cette époque. Invincibles. Quand il est parti, j'ai été beaucoup plus faible. Du moins, je me suis *sentie* beaucoup plus faible. Il m'a fallu des mois pour retrouver confiance en moi, ce dont mes maîtres ont grandement tiré profit.

Un souvenir me remonte l'échine à ce souvenir. Lennox me lance un regard entendu.

— Fais-tu des cauchemars ? demande-t-il doucement.

Je le fusille du regard.

— Ne sombrons pas dans les sentiments. Nous sommes là pour parler de notre mission.

Il me fait un clin d'œil. Un vrai clin d'œil. Par tous les couteaux !

— Ah oui ?

Je grogne.

— Oui ! Qu'allons-nous faire maintenant ?

— Les autres hommes présents dans la maison. Je peux nous conduire à deux d'entre eux au moins. Je ne suis pas sûr que nous parvenions à les faire parler sans chercher à les tuer, cependant, et mon maître n'apprécierait pas de perdre ses partenaires commerciaux.

— On les torture ? suggéré-je en souriant.

Lennox secoue la tête.

— Non, essayons d'abord de trouver l'endroit où ils vivent. Peut-être que nous pourrons y dénicher des preuves sans avoir à leur parler.

— Je peux demander à mes associés de les pister, suggéré-je. Ils sont très doués pour ça.

Il se marre.

— Tes associés ? Eh ben, tu as bien changé. Quand nous étions enfants, il fallait toujours que je te persuade de me laisser t'aider. Et maintenant, tu travailles avec d'autres gens ? De ton plein gré ?

Je ravale mon rire. S'il savait pour les chats. Peut-être que je le lui dirai un jour, quand je lui ferai à nouveau confiance. Pour l'instant, je garde mes atouts cachés.

— Bien, allons-y, dis-je, ignorant sa question ainsi que l'assiette encore à moitié pleine.

— Déjà ?

Il a l'air déçu un instant, mais il se reprend très vite.

— J'espérais parler encore un peu.

Je soupire.

— De quoi veux-tu parler ? Est-ce que c'est plus important que des enfants empoisonnés ?

— Sans doute pas, non, confirme-t-il en faisant la grimace. Tu as toujours été douée avec les mots. Le pouvoir de persuasion.

Je ne peux m'empêcher d'en rire.

— C'est parce que j'ai raison.

Il lance un regard nostalgique à l'assiette, puis fourre simplement toute la nourriture dans son sac.

— Pour le dîner, commente-t-il en haussant les épaules. Je crois que je n'ai rien dans le frigo.

Je pense au mien. Heureusement, Lily a mis la tête ensanglantée dans la chambre froide. Pas parce que ça me dérange d'avoir des morceaux de cadavres près de ma nourriture, mais parce que ça prend de la place pour la malbouffe.

— Tu veux aller chez lequel en premier ? Le gros ou le maigre ?

J'éclate de rire, à ma plus grande surprise. Je ne crois pas avoir autant ri en une heure. C'est l'effet que Lennox a sur moi, et je ne suis pas sûre d'aimer ça. Ça m'effraie, pour être honnête.

— Le gros. Il a un nom ?

— Oui, mais tu ne le sauras pas. Ça ne plairait pas à mon patron et, tant que je suis à son service, je dois suivre ses règles.

Je suis *tellement* contente d'être à mon compte.

CHAPITRE 16

Un chaton nous suit. Je ne l'ai encore jamais croisé, mais, vu comme elle me regarde, il est clair que c'est l'une de ceux de Ryker. Je commence à penser que ce dernier n'espionne pas que mes cibles : moi aussi. Il est malin, ce chat.

Lennox me fait traverser la ville jusqu'au quartier où se trouvait la maison où il m'a enlevée. Au moment où nous passons devant, il semble penser à la même chose que moi.

— Désolé. Ça ne se reproduira plus.

— Il y a intérêt, rétorqué-je sèchement, mais en souriant. Ou bien je me vengerai. Crois-moi, tu n'as pas envie d'affronter Kat l'énervée.

Il rit.

— Non, vraiment pas. Je me souviens de tes crises de colère. Mais nous devrions quitter le trottoir, nous nous approchons.

L'instant d'après, nous nous retrouvons sur les toits, à sauter de maison en maison. Lennox fait parfois des *backflips* et des roues inutiles. Frimeur. Mieux vaudrait qu'il reste un peu accroupi, comme moi, pour échapper aux regards curieux. Peu de gens lèvent la tête, mais quand même, il existe un risque que quelqu'un nous voie sur les toits.

Enfin, il s'arrête sur des tuiles rouge sombre donnant sur un bassin d'agrément, dans lequel nage un cygne solitaire. Il a l'air déprimé. Pauvre bête. Il ferait peut-être un chouette en-cas pour les chats. Comme ça, sa vie ne se résumera plus à gaspiller de l'espace.

— Par là, souffle Lennox. La maison en brique, c'est celle-là.

Il hume l'air, et ses yeux deviennent jaunes quelques instants.

— Il n'y a personne. Allez, c'est parti pour une petite entrée par effraction.

Je lui rends son sourire, et nous sautons de concert du toit pour atterrir accroupis côte à côte, comme au bon vieux temps. Il surveille les alentours tandis que je crochète la serrure. Nous avons repris d'instinct nos anciens rôles, redevenant l'équipe bien entraînée d'autrefois, malgré le temps écoulé.

Dès que nous pénétrons dans la maison, il est évident que le propriétaire a de l'argent et aime l'afficher. Des vases antiques, des peintures à l'huile aux murs, des tapis coûteux. Tout ceci pue le pognon. Lennox parvient à couper l'alarme ; il sait où elle se trouve, puisqu'il s'est déjà rendu dans cette maison. Je regarde autour de moi, un goût amer dans la bouche. Une partie de cette richesse est liée à l'empoisonnement d'enfants. Si je peux comprendre le plaisir que l'on peut trouver à tuer et empoisonner des adultes, faire du mal aux enfants est inadmissible.

En dehors de toute cette opulence, il n'y a pas grand-chose d'intéressant dans cette maison. L'homme a l'air de vivre seul. Aucun portrait de famille, aucun vêtement de femme. Une cuisine garnie du strict nécessaire. Il ne doit pas y passer beaucoup de temps. Cela dit, comparée à la bicoque de M. Kindler, celle-ci semble vraiment habitée. Les draps sont froissés et il y a des traces de fluides corporels que je préfère ne pas chercher à identifier. Je pourrais les renifler, mes sens félins sauraient tout de suite déterminer ce qu'ils sont, mais non merci. Il y a des traces de drogue sur la table de nuit, ainsi que des mégots dans un cendrier.

Je n'aime pas les gens qui fument au lit. Ça donne une odeur de cigarette à leur cadavre ensuite.

— J'ai trouvé quelque chose ! s'écrie Lennox, au rez-de-chaussée.

Après un dernier regard sur la chambre, je le rejoins dans l'entrée. Il a décalé un grand miroir ouvragé, révélant une porte dissimulée. J'aurais dû la repérer plus tôt. Cela dit, je n'ai pas du tout étudié l'entrée avant de filer à l'étage. Malgré tout, je suis déçue que ce soit lui qui l'ait trouvée et non moi.

— Enfin quelque chose d'amusant, marmonné-je, avant de lui raconter combien la maison de Winston Kindler était ennuyeuse.

— J'adore les sous-sols secrets, commente Lennox, un grand sourire aux lèvres, assez semblable au mien.

Les pièces dissimulées sont la meilleure chose au monde. Je me demande ce que nous allons y trouver. Des squelettes ? De la drogue ? Un donjon sexuel ? J'ai vu de tout.

Je descends la première, sans allumer de lampe de poche. Mes yeux de félin me suffisent. Lennox aussi peut voir dans le noir, mais pas aussi bien que moi. Pauvre petit chien.

En bas, l'air sent le moisi et l'humidité. J'allume les lumières et découvre une pièce à la peinture défraîchie, qui laisse par endroits entrevoir la brique en dessous. Rien à voir avec le magnifique intérieur à l'étage.

Au centre de la pièce se trouve une chaise en fer, dotée de menottes et d'un collier en fer. Charmant. Le propriétaire des lieux doit s'en servir pour interroger ou torturer. Tuer, peut-être ? Les trois, sans doute. Une évacuation sous la chaise indique que quelqu'un a réfléchi à la destination de cet endroit avant de le construire. C'est pratique d'avoir une évacuation, ça évite de nettoyer tout le sang sur le sol. Je sais de quoi je parle. Malheureusement, la plupart de mes cibles ne prévoient pas leur assassinat à l'avance, donc je suis obligée de les tuer de la manière la moins sanglante possible, à moins de vouloir faire passer un message.

— Cool, commente Lennox sur un ton approbateur.

Un homme selon mon cœur.

— Tu sens ça ?

Je hume l'air.

— La poudre. C'est le poison qu'ils utilisent sur les enfants.

Il confirme.

— Trouvons-le.

Il ne peut pas être caché dans beaucoup d'endroits. Quelques étagères le long des murs et deux caisses en métal dans les coins. J'ouvre l'une d'elles. Elle est remplie d'outils de torture. La vache, sacrée collection. Je n'en possède que la moitié, alors que je suis une professionnelle. D'accord, je ne suis pas spécialisée en formes de torture, mais je suis un peu jalouse quand même. Quelque chose attire mon regard derrière la caisse, que j'écarte donc.

— Ha ! m'écrié-je, incapable de me retenir.

— Quoi ? demande Lennox, à l'autre bout de la pièce.

Il est en train de fouiller dans l'autre caisse.

— Il y a une seconde porte cachée ! m'exclamé-je, guillerette. Voyons voir ce qu'il y a derrière. Pourquoi mettre une porte secrète dans une pièce elle-même secrète ? Il est un peu paranoïaque, tu ne crois pas ?

Lennox s'approche de moi et reste près de moi. Je peux sentir sa chaleur corporelle, presque comme s'il me touchait. Cela me donne envie à la fois de m'éloigner d'un bond et de me rapprocher. J'opte pour m'accroupir afin de franchir le trou dans le mur et rejoindre la pièce secrète. Il y fait sombre, et elle dégage une odeur très familière. Du sang. Du sang humain.

Dans quoi nous sommes-nous fourrés, bon sang ?

J'attends que mes yeux s'ajustent à l'obscurité et cligne des paupières plusieurs fois. C'est plus un tunnel qu'une pièce, s'éloignant de la maison. Il doit passer sous le jardin de devant et traverser la route. Est-il relié à la baraque d'en face ? Ce serait un rebondissement intéressant, mais cela n'explique pas l'odeur de sang qui imbibe les murs.

Je m'avance, la tête touchant presque le plafond alors que je rampe. La personne ayant construit ce tunnel n'était vraiment pas grande. Ce n'est donc clairement pas l'homme que j'ai vu dans le sous-sol où j'ai découvert M. Kindler. Alors le tunnel a été construit soit avant que l'homme imposant ne s'installe ici, soit pour servir à quelqu'un d'autre.

— Tu vois quelque chose ? crie Lennox derrière moi.

— Pas encore ! Ce tunnel est très long !

Je me dépêche d'avancer à quatre pattes sur le sol heureusement doux. Il ne s'agit pas d'un tunnel creusé à la hâte dans la terre et la roche, non. Quelqu'un a fait de gros efforts. Il est presque propre, si l'on omet les occasionnelles taches de sang sur les murs et le plafond.

Enfin, je vois de la lumière au bout du tunnel. Littéralement, mais j'espère que ce sera aussi une métaphore. J'ai vraiment besoin de preuves solides sur ce qu'il se passe ici. Je préférerais une confession écrite qui expliquerait tout, histoire que je puisse reprendre mes tâches habituelles. Les enquêtes, c'est bien trop de boulot. De variables inconnues. Je n'aime pas travailler dans ces conditions. Quand je pars en mission, je planifie tout. C'est rare que quelque chose se passe mal. Dans cette affaire en revanche, rien n'est fidèle à ce qu'il devrait être. Je patauge dans le noir, et plus je poursuis mes recherches, plus j'ai de questions. Cela devient frustrant. Trouver Lennox a été une chouette distraction, mais j'aimerais vraiment que cette histoire se termine.

Au bout du tunnel, je me retrouve dans une pièce sombre. Ma vision féline me permet de distinguer une sorte de labo. Bien plus chèrement équipé que les maigres pièces trouvées dans l'appartement près du marché. C'est le fantasme de tout scientifique. Les étagères et les meubles le long des murs sont remplis de produits chimiques, de pots en verre et de boîtes. Il y a des tonnes de matériel sur les quatre longues tables, ainsi que tout un tas de becs Bunsen et de tubes à essai. Tout est d'une propreté extrême. Cela sent même le vinaigre et le produit d'entretien. Je doute que nous trouvions grand-chose ici. Mais alors, pourquoi garder ce labo si propre et ne pas enlever les taches de sang dans le tunnel ?

L'entrée de ce dernier n'est pas barricadée comme dans la maison d'où j'arrive. Au contraire, elle est clairement visible, entre un bureau et un meuble de classement. Sur le mur d'en face se trouve une épaisse porte métallique. Je teste la poignée, mais elle est verrouillée. Comme il n'y a personne dans la maison, j'irai plus tard y faire un tour. D'abord, voyons voir ce que nous pouvons trouver d'utile dans ce labo.

Lennox rampe hors du tunnel et en sort avec moins d'élégance que moi. Après tout, il n'est pas un chat. Ça fait une grande différence.

— Joli, commente-t-il, approbateur.

— Tu aimes toujours les poisons ? lui demandé-je.

Il opine.

— J'ai mon propre labo, mais rien d'aussi impressionnant que ça. J'aurais bien besoin d'une installation comme celle-ci parfois. Je pourrais peut-être la garder quand nous nous serons débarrassés de son propriétaire ? Comme une prise de guerre ?

Je ris.

— J'aime ton raisonnement. À condition que je puisse récupérer les couteaux forcément cachés quelque part.

— Tu as toujours aimé les objets pointus, répond-il, me faisant un clin d'œil. Ça puait vraiment la mort dans ce tunnel. Tu as trouvé des corps ?

— Non, mais je n'ai pas encore ouvert les placards. Cela dit, ça ne sent pas les cadavres, ici.

Lennox renifle, ses yeux virant au jaune. S'il y a une chose que je veux bien admettre, c'est que les loups ont un meilleur odorat que les chats. Il n'y a que dans ce domaine qu'ils sont meilleurs, cela dit. Nous gagnons dans tous les autres.

— Il y a quelque chose d'étrange là-bas, marmonne-t-il en s'approchant lentement de l'un des meubles fermés.

Ses pupilles sont toujours jaunes, lui donnant un air très cool. Non, je ne viens pas de dire ça, si ? Ça lui donne juste l'air d'un homme loup. Rien d'exotique. Rien d'étrangement attirant. Pas du tout.

Je le suis en humant l'air. En m'approchant, je sens ce qui l'a interpelé. Ce n'est pas une odeur de mort et de décomposition comme j'en ai déjà senti auparavant, c'est différent. Elle m'est familière, même si je n'arrive pas à mettre le doigt dessus.

Lennox ouvre doucement l'une des portes en bois, et recule avec un son étouffé.

— Qu'est-ce que c'est ?

Je le contourne pour voir ce qui l'a surpris.

Oh bon sang. C'est une rangée de bocaux avec des choses flottant à l'intérieur. Des organes. Des morceaux de corps. Pas assez grands cependant pour appartenir à des adultes. Non. Ce sont les organes d'enfants décédés.

— Bande de connards, juré-je, me tournant vers un Lennox choqué. Comment ont-ils pu faire ça ?

Il me rend simplement mon regard.

Je le laisse se reprendre et prends l'un des bocaux, en essayant de ne pas regarder le petit cœur humain à l'intérieur. Il y a une étiquette sur le côté.

Métamorphe loup.

Femelle.

8 ans.

Test 34 (2).

Décédée en 12 jours.

Mon ventre se retourne. Une petite fille de huit ans. Assassinée. Disséquée. Empoisonnée pour servir de cobaye. Ce doit être lié au poison dans les bonbons. Ils l'ont d'abord testé sur les enfants avant de lancer une production de masse.

Je vais les trouver et les tuer. En les faisant souffrir.

— Je me demande où ils ont trouvé les enfants, lance Lennox d'une voix glaciale.

Il a raison. Les enfants métamorphes ne courent pas les rues. La plupart – presque tous, même – font partie de la Meute, qui les contrôle et les réduit en esclavage. Si « Test 34 » signifie qu'elle était le trente-quatrième enfant à qui le poison a été injecté, cela indique que beaucoup d'autres gamins ont été les victimes de ces monstres. Or, il ne doit pas y avoir plus d'une poignée de métamorphes errants en ville. Je ne sais même pas s'il y en a un. Non, ils doivent forcément venir de la Meute.

— Je vais les tuer, lance Lennox d'une voix sifflante. Ils ont vendu des enfants pour faire des expériences. Je savais que la Meute était mauvaise, mais je ne m'attendais pas à ça.

Des larmes menacent de détruire mon calme apparent ; donc je me détourne de Lennox pour observer les étagères.

— Voyons si nous trouvons plus de preuves. Il doit bien y avoir des traces papier. Quelque chose nous indiquant qui est impliqué.

Il marmonne quelque chose, avant de m'imiter ; nous décortiquons le labo étagère par étagère. Nous allons détruire ces monstres, même s'il nous faut pour cela tuer chaque membre de la Meute.

CHAPITRE 17

Quand je rentre chez moi, je ne passe même pas par les pièces communes. Je ne veux voir personne. J'ai besoin d'être seule pour réfléchir à ce que j'ai vu. Je crois n'avoir jamais été aussi choquée de toute ma vie.

Je m'affale sur mon hamac et m'étire les jambes. Que c'est bon de me retrouver dans mon sanctuaire. Mon havre de paix. La mort et le chagrin ne me suivent pas jusqu'ici. C'est ma maison, et malheur à celui qui voudrait la souiller.

— Vous avez l'air fatiguée.

Je bondis, saisissant au passage des couteaux dans ma ceinture, prête à les jeter sur l'inconnu qui vient de me parler. Un homme tout de noir vêtu est accroché à mon plafond. Comment ai-je fait pour le rater ?

C'est très simple. Je pensais à des enfants démembrés. On ne peut pas m'en vouloir.

Il ne bouge pas. Rien n'indique qu'il compte me sauter dessus. Il n'est pas là pour me tuer, c'est assez clair. Il aurait déjà pu le faire facilement. Comment est-il entré, d'ailleurs ? La fenêtre se ferme de l'intérieur et est entourée de pièges, donc pas par là, vraiment pas. Ce qui veut dire qu'il a dû arriver de l'étage inférieur. Il a donc marché dans notre maison sans que personne ne le remarque. Il va falloir que je dise deux mots à mes collègues. Que quelqu'un puisse pénétrer par effraction dans le quartier général d'un groupe d'assassins, c'est plutôt ridicule.

— Que voulez-vous ? lancé-je sèchement en le fusillant du regard.

Il porte une combinaison noire et une grande capuche qui masque son visage en majeure partie. Malgré tout, je suis quasiment sûre de ne l'avoir jamais rencontré, à sa façon de bouger, sa voix, son odeur. Rien de tout cela ne me parle.

— Vous êtes tombés sur des choses plutôt intéressantes, n'est-ce pas ? demande-t-il en lâchant un petit rire.

Ce n'est pas une question. Il sait sur quoi j'enquête. Malgré les soupçons qui s'éveillent en moi, je ne dévoile pas mon jeu.

— Tout est intéressant, dans ma vie. Qu'est-ce que vous en savez ?

Il rigole.

— Oui, une chatte dirigeant un groupe de criminels disparates. Je ne m'attendais pas à ça quand j'ai trouvé cette carte.

Il lance quelque chose d'un petit geste de la main, et je rattrape l'objet. Ma carte de visite. Je ne la donne pas à n'importe qui. Je l'approche de mon nez et la renifle. Caitlin. La fille du magasin de bonbons.

— Elle est morte, m'informe-t-il sur le ton de la conversation. J'ai trouvé ça sur son corps.

— L'avez-vous tuée ? demandé-je, tout aussi calmement.

— Peut-être. Cela vous poserait problème ?

Je hausse les épaules.

— Ça dépend. Elle est sans doute impliquée dans une sale affaire, alors si c'est ça, pas de problème. Tuez-la même une deuxième fois, si ça vous chante.

Souriant, il fait un petit geste. Immédiatement, mes couteaux sont prêts à jaillir, mais il étirait simplement ses bras. Ils doivent lui faire mal, après qu'il est resté accroché si longtemps au plafond. Qui sait depuis combien de temps il m'attend ?

— Voulez-vous descendre afin que nous discutions de manière civilisée ? lui proposé-je en le gardant prudemment à l'œil.

Il hoche la tête et, après un *backflip* gracieux, il atterrit à côté de moi sans même tituber. Un atterrissage digne d'un chat. Mais qui est-il, bon sang ?

— Vous savez qui je suis, mais vous, qui êtes-vous ?

— Un ami. Un partenaire de crime. Une partie intéressée. Choisissez ce qui vous plaît.

— Je préférerais que vous me répondiez.

— Nous avons le même ennemi. Je ne sais pas ce que ça fait de nous.

Il se pavane jusqu'au hamac, sur lequel il s'assied, ne me laissant d'autre choix que de rester debout. Je n'ai pas beaucoup de meubles ici, à part une armoire en bois qui me permet de cacher mes vêtements froissés. Je n'ai jamais touché un fer à repasser de toute ma vie, et je n'ai pas l'intention de commencer maintenant, à moins de m'en servir comme arme. On s'en fout, des plis, non ? Les morts, oui, en tout cas.

— Était-elle impliquée ? demandé-je. Caitlin.

Il repousse sa capuche, révélant un visage à se pâmer. Trois grandes cicatrices partent de sa tempe droite et courent jusqu'à sa mâchoire gauche. Comme s'il s'était fait griffer par une bête. Une *grosse* bête. Sans elles, il pourrait être qualifié de séduisant. Il possède des yeux d'un vert lumineux, pas tout à fait comme l'émeraude, d'une nuance plus claire ; un peu comme si le soleil brillait sur de l'herbe fraîche. La barbe qui ombrage ses joues est interrompue par ses cicatrices. Il a attaché ses cheveux châtain foncé, mais je n'arrive pas à en déterminer la longueur.

— Oui, confirme-t-il. Elle arrivait à deviner quels enfants étaient des métamorphes. Elle les envoyait faire des petites courses pour elle, en leur promettant de l'argent en échange. Ils ne revenaient jamais, bien sûr. Je pense que vous avez trouvé des morceaux d'eux dans ce laboratoire.

Je réprime un frisson.

— Comment se fait-il que vous en sachiez autant ?

Il ne répond pas. Il se contente de me dévisager, et j'ai le sentiment qu'il me toise, comme s'il cherchait à déterminer si je suis la bonne personne pour ce qu'il prévoit de faire.

J'en profite pour l'étudier davantage à mon tour. Son corps est souple et musclé. Un prédateur prêt à combattre. Ses épaules sont plus étroites que celles de Lennox, mais il est un peu plus grand. Pourquoi est-ce que je le compare à Lennox ? Il y a d'autres hommes dans cette ville pouvant servir d'exemple.

Enfin, il arrête son examen et me regarde dans les yeux.

— Je l'ai tué. Kindler. Ainsi que Caitlin. Et quelques autres personnes, si vous voulez tout savoir.

Il confirme ce que je soupçonnais déjà. Il est l'assassin dont j'ai admiré le travail.

— Qui d'autre ?

Il pouffe.

— L'homme chez lequel vous vous êtes introduits aujourd'hui. L'un des propriétaires de l'appartement près du marché. Certains autres dont vous n'avez pas encore entendu parler et dont vous n'entendrez plus parler, puisque… eh bien, ils sont morts.

— Alors que faites-vous là ? lancé-je sur un ton de défi. On dirait que vous avez la situation sous contrôle, que vous les tuez les uns après les autres jusqu'à ce que toutes les personnes impliquées dans cette histoire meurent.

— Si seulement c'était aussi simple. Je suis arrivé au bout de ce que je pouvais accomplir seul. Je me suis rendu compte que c'est une affaire bien plus vaste que je l'avais soupçonné. Dès que je tue une personne, trois autres prennent sa place. Il est temps de nous en prendre aux personnes qui sont derrière tout ça, et non aux hommes de main.

Il fait sans doute allusion aux Crocs, mais hors de question que je révèle ce que je sais d'eux. Je me contente de hocher la tête sans le quitter des yeux.

— Vous voudriez donc que nous mettions nos ressources en commun et coupions la tête du serpent ?

— Oui. Vous avez réussi à aller très loin en peu de temps, donc vous me paraissez être une bonne partenaire. Il m'a fallu des mois pour réunir tout ça.

— Des mois ? Depuis combien de temps est-ce qu'ils filent du poison aux enfants ?

— Deux mois environ, mais ils ont commencé leurs expériences bien avant ça. J'ai compris qu'il se passait quelque chose de louche quand deux enfants métamorphes ont disparu de mon quartier. Je n'étais pas proche d'eux, mais ça m'a intrigué. Il s'est avéré qu'ils étaient les deux premiers cobayes de ces expériences.

Un frisson me remonte l'échine. L'idée qu'on s'en prenne à des enfants m'énerve toujours autant, franchissant les épaisses murailles qui protègent mes émotions. Merde. Ce n'est pas le moment de commencer à agir en humaine.

— Nous devrions organiser une réunion avec votre homme et votre équipe.

— Ce n'est pas mon homme, rétorqué-je sèchement.

L'assassin me sourit.

— Ça ressemblait à un rencard, pourtant. Il vous a même apporté des fleurs.

— Ce ne sont pas vos affaires.

Il hausse les épaules.

— J'aime le nom de la vôtre, au fait. « Miaou ». C'est très original.

Je ricane.

— Oui, c'est ça. Mais si vous voulez que je vous présente mon équipe, il va falloir m'en dire plus sur vous.

Il croise les bras derrière sa tête, très à l'aise dans mon hamac. Quel connard arrogant. Je ne sais pas si je l'apprécie ou non. Ses manières sont agaçantes, et en même temps, j'ai un peu l'impression de me regarder dans un miroir.

— Je m'appelle Gryphon. Je travaille en free-lance, comme vous, sauf que je bosse seul.

— Vous n'êtes pas un métamorphe, constaté-je, confiante – il ne sent pas comme nous.

Et pourtant, il ne me paraît pas tout à fait humain, vu comme il s'est pendu à mon plafond.

— Non, en effet, répond-il simplement, sans donner d'indication sur ce qu'il pourrait être.

— Qu'êtes-vous, alors ? Je vais bien finir par le découvrir, alors autant que vous me le disiez tout de suite.

Il m'adresse un sourire paresseux.

— Je suis humain.

— Non.

— Je suis humain, je vous le dis. Un humain possédant un peu de magie.

— De la magie ? me moqué-je. Ça n'existe pas. Pas comme dans les livres. Les baguettes magiques, les sorciers et les sorts n'existent pas.

Il soupire.

— Êtes-vous toujours aussi littérale ? Je suis humain, comme je vous l'ai dit, mais je possède aussi certaines aptitudes non humaines. Et c'est tout ce que je dirai à ce sujet. Je pourrai suivre votre rythme sans peine, je vous rassure. Je ne suis pas un faible qui se fatigue après une course de trois kilomètres.

— Ce n'est pas ce que j'ai dit, protesté-je.

Puis je me tais en comprenant qu'il me provoque. Oh, très bien. Je vais découvrir tout ce qu'il y a à savoir sur lui, qu'il le veuille ou non. J'ai mes chats, mon arme secrète que même Lennox ignore. Je ne suis pas sûre de lui en parler un jour, d'ailleurs. C'est agréable d'avoir des atouts cachés.

— Vous n'êtes pas associé à la Meute ou tout autre organisation ? demandé-je, juste pour être sûre.

Il rit.

— Si c'était le cas, vous ne seriez plus en vie. Non, je travaille en solo. Je choisis mes contrats, tout comme vous. Je reste le plus possible à l'écart de la Meute. Je ne suis pas stupide, je sais qu'ils sont puissants. Mais, maintenant, il semblerait que nous n'ayons pas le choix : nous allons devoir nous en prendre à eux.

Nous. Il nous voit comme une équipe. Ça n'a pas pris longtemps, mais bon, il y réfléchit sans doute depuis longtemps.

— Quand avez-vous découvert que j'enquêtais sur cette affaire ? le questionné-je, poursuivant mes investigations.

— J'attendais près de la confiserie, pour avoir une longue conversation avec Caitlin, quand vous êtes entrée en ignorant totalement les enfants. Ça m'a rendu curieux, donc je vous ai suivie. Beau boulot, au fait, pour trouver les indices chez Winston Kindler. Mais j'avais déjà récupéré la boîte qu'ouvre cette clé.

— Qu'y avait-il à l'intérieur ?

— Des contrats confirmant qu'il travaille pour les Guérisseurs.

— Les Guérisseurs ?

— Ah, vous ne le savez pas encore. C'est le nom que se sont donné ceux qui ont eu cette idée d'empoisonner les enfants. Je pense qu'ils s'imaginent guérir le monde des métamorphes. Ils les voient comme une maladie à éradiquer.

— Ils auraient pu trouver un meilleur nom, marmonné-je. Comme Meurtriers ou Abominations.

Gryphon rigole.

— Je suis d'accord avec vous, mais c'est un peu tard pour leur suggérer de le changer. Bon, à moins que vous ayez d'autres questions, il faut que j'y aille. Revoyons-nous demain avec votre équipe et votre copain.

Je m'apprête à lui lancer mon couteau, mais il bondit déjà du hamac et saute ensuite de la trappe sans se servir de l'échelle accrochée. Idiot.

— À demain dix heures ! crie-t-il.

Je soupire.

Quel homme étrange, très étrange. On dirait que je les attire, ces derniers temps. Lennox est étrange, lui aussi, à sa manière lupine. Et voilà qu'arrive maintenant cet assassin pas tout à fait humain. Je ne dois pas me laisser distraire, cependant. Il y a trop d'enjeux. Si nous n'arrêtons pas ces Guérisseurs maintenant, il ne restera sans doute plus aucun métamorphe dans les années à venir.

⁕ ⁕ ⁕ ⁕ ⁕

Après une sieste et une douche, je descends à la cuisine. Elle est vide, ce qui me soulage. Je n'ai pas envie de parler à des gens. J'ai été bien trop sociable ces deux derniers jours. Les nuits silencieuses passées à marcher seule sur les toits me manquent.

J'attrape un sandwich et me rends dans le jardin. Comme je m'y attendais, trois chats m'attendent : Pan, la femelle roux sombre aux poils si pelucheux que je dois me retenir d'y passer la main ; Mila, la chatte tigrée ; et un troisième, que je ne connais pas. Ce chat du Bengale est petit, mais il arbore un air féroce avec ses taches brunes rondes sur le dos et les rayures délicates autour de son cou. Sa queue est vraiment droite, comme s'il avait un bâton planté dans le derrière. Je vais m'abstenir de le lui dire. Je ne suis pas suicidaire.

— Est-ce que quelqu'un vous a donné à manger ? leur demandé-je, et je sens leur assentiment en réponse.

Bien. Mon équipe semble s'être faite à l'idée de prendre soin d'une horde de chats affamés. Benjamin a l'air d'y prendre beaucoup de plaisir.

Je m'assieds sur l'un des pots de fleurs en pierre dans lequel je n'ai jamais pris la peine de mettre de la verdure.

— Avez-vous vu l'homme qui vient de partir ? Habillé tout en noir et marchant comme un prédateur ?

Mila hoche la tête.

— Il est de notre côté, mais j'aimerais que vous gardiez un œil sur lui. Découvrez ce qu'il est, où il vit, ce qu'il fait. Je veux tout savoir sur lui.

Elle penche la tête. Pan miaule bruyamment.

— Tu veux que je me transforme ?

Elle me fixe de ses yeux vert citron. Je soupire. Moi qui croyais pouvoir retourner dans mon hamac pour lire un livre. Le travail ne s'arrête jamais.

J'avale quelques bouchées supplémentaires de mon sandwich, puis me métamorphose. Je prends le temps d'étirer mes membres fatigués, de sortir les griffes. J'adore ça. C'est une sorte de démangeaison, que je ne peux pas faire passer sous forme humaine.

Je regarde les trois chats qui me paraissent désormais plus petits. Aucun d'eux ne semble avoir peur de moi, même un peu. C'est presque décevant.

— Le vieil humain que tu voulais que l'on suive. Celui avec les oreilles bizarres.

— Les oreilles bizarres ?

Pan soupire, exaspérée.

— Ces trucs noirs sur son chapeau. Ça lui fait des oreilles carrées.

Le haut-de-forme que mon mystérieux bienfaiteur aime porter. Les chats ne peuvent pas reconnaître les chapeaux.

— Qu'a-t-il fait ?

— Il s'est approché d'ici, mais il n'est pas entré dans la maison. Je crois qu'il attendait quelque chose ou quelqu'un. C'était étrange. Il se comportait comme l'un de nous.

Quand je ris, un rugissement franchit mes lèvres.

— Quand ça ?

— Il n'y a pas longtemps. Je me suis léché les pattes deux fois depuis, répond le troisième chat en bâillant.

Comme il ne s'est pas présenté, je lui demande poliment son nom.

— James, réplique-t-il avec un accent distingué.

Les chats du Bengale coûtent cher. S'il avait un propriétaire avant de finir dans la rue, il doit avoir un sacré pédigrée.

— Donc vous savez où il est en ce moment ?

— Ryker le surveille. Ils ne doivent pas être loin, j'ai senti son odeur récemment. Tu veux que je le cherche ? demande Pan.

Je hoche la tête.

— S'il n'est pas loin, j'aimerais lui parler.

Elle file en courant, sautant d'un bond élégant sur le mur en pierre. Les deux autres chats s'allongent comme si la discussion était terminée. Ça me va. Je m'étire à nouveau, puis cherche un coin ensoleillé pour faire une sieste. Le soleil se couche rapidement, mais les pierres sont toujours assez chaudes pour que ce soit agréable. Je ferme les yeux et me détends. Être un chat est tellement plus agréable que d'être une humaine stressée.

Avant que je ne puisse m'endormir, je reçois un petit coup de museau. J'ouvre un œil et découvre Pan. Ses poils touffus sont encore plus beaux vus de près, doux et brillants. J'aimerais avoir les mêmes. D'accord, ma fourrure est d'un noir soyeux, mais pas vraiment douce. Personne ne me caresse, cela dit. Lily a essayé une fois, et j'ai failli lui mordre la main. Je suis un félin. J'ai ma fierté.

— Ils sont à deux rues d'ici, m'informe Pan. Ryker t'attend. L'homme est toujours dans un coin, sans bouger. Ryker trouve son comportement étrange, mais il aimerait que tu te fasses ta propre opinion.

Soupirant, je me lève et me secoue de tout mon être, détendant mes muscles. Il est temps de redevenir humaine. Ça craint.

CHAPITRE 18

— Bonsoir.

L'Homme Mystère pivote vivement, clairement surpris par ma présence. Je n'ai même pas cherché à me montrer particulièrement silencieuse. Il devait être plongé dans ses pensées.

— Qu'est-ce que tu fais là ? demande-t-il, une lueur soupçonneuse dans le regard.

Je hausse les épaules.

— Je me promène. La lumière est belle ce soir, n'est-ce pas ?

Il fronce les sourcils, ce qui fait bouger sa cicatrice.

— Il y a beaucoup de chats par ici, commente-t-il, mais je ne réagis pas. Si ce n'était pas idiot, je dirais même que celui-ci me suit. C'est impossible, nous sommes d'accord ?

— Tout à fait, affirmé-je sans conviction. Ce serait très étrange.

L'homme rigole.

— Je te savais pleine de ressources, mais ça, c'est un tout autre niveau. Je peux peut-être te confier ceci, tout compte fait.

— Me confier quoi ?

— Allons ailleurs. Il y a des oreilles qui traînent, et toutes n'appartiennent pas à des chats.

* * * * *

Lorsque nous revenons chez moi, Lily fourrage dans la cuisine. Je m'y rends pour lui demander de nous préparer du thé.

— Nous avons de la visite ? demande-t-elle.

Je confirme d'un signe de tête.

— Je t'en parlerai plus tard. Nous serons dans mon bureau.

Elle m'adresse un regard étonné, mais je n'ai pas de temps à perdre. L'Homme Mystère est déjà dans mon bureau, et je le soupçonne de fureter dans mes affaires. C'est ce que je ferais à sa place, et j'ai le sentiment qu'il n'est pas bien différent de moi.

Lorsque j'entre dans la pièce, il est installé sur mon siège. Je ravale mon commentaire et m'assieds sur la chaise normalement réservée aux visiteurs. Oui, la maison était à lui avant, donc ce siège aussi, mais ça pique quand même.

— Ma collègue nous prépare du thé, lui dis-je, ce qui le fait sourire.

— Ta collègue ? Pas ton employée ?

— Je ne crois pas en la hiérarchie. Nous nous concentrons chacun sur ce que nous savons faire de mieux. Parfois, je dirige, et je m'occupe de la paperasse, mais en dehors de ça, nous sommes des collègues.

Il se frotte le menton.

— Intéressant. Je te trouve intrigante depuis notre première rencontre. J'aurais aimé que nous ayons le temps de faire connaissance mais, comme toujours, le temps presse. Je sais que je t'ai dit de ne pas t'attarder sur l'affaire Kindler, mais il y a eu un nouveau rebondissement.

Lily toque à la porte. Je m'empresse d'aller prendre les tasses, puis je referme. J'ai confiance en elle, je sais qu'elle n'espionnera pas notre conversation. Mais seulement parce qu'elle sait que je lui raconterai tout plus tard.

L'homme mystère regarde son thé d'un air soupçonneux.

— Aucun poison, le rassuré-je.

Il rit.

— Ce n'était pas ce qui m'inquiétait. J'ai juste des doutes sur la qualité du thé. Ce n'est pas la variété que je bois habituellement.

Ça ne vaut pas la peine que je réponde à ça. C'est du bon thé. Enfin, le truc standard qu'on trouve dans les magasins. Ça fait l'affaire. C'est toujours mieux que l'eau trouble qu'on m'a servie au café, avec Lennox.

L'homme pose la tasse sur le bureau — se servant d'un tas de feuilles comme dessous de verre — et m'observe d'un air intense.

— Ma petite fille est tombée malade, lance-t-il sans préambule. Je crains que ce ne soit le poison. Elle n'est pas retournée au magasin, puisque je lui ai dit de ne pas le faire, mais il semblerait qu'elle ait mangé des bonbons offerts par l'une de ses amies à l'école. Que ce soit lié ou non, le médecin n'arrive pas à comprendre sa maladie. Ses symptômes ne correspondent à aucune connue, et à aucun poison classique de ma connaissance.

Je me redresse. Jusqu'ici, nous ignorions ce que le poison faisait vraiment aux enfants. Mais si sa petite-fille souffre de ses effets… les choses peuvent empirer très vite.

— Connaissez-vous d'autres enfants malades ?

Il secoue la tête.

— Je ne fréquente pas les enfants. Seulement elle, et c'est parce qu'elle est de ma famille, dit-il avec un certain dégoût.

Ce n'est pas vraiment comme ça que j'imagine un grand-père mais, après tout, il est l'Homme Mystère. Il a le droit d'être bizarre.

— Un instant, s'il vous plaît.

Je me lève et m'approche d'une fenêtre. Sur le rebord se trouve Citrouille, le fils de Ryker, le chaton par lequel tout a commencé. Il adore se reposer ici, étonnamment ; ça ne doit pas être facile à atteindre, pourtant, puisque c'est à l'étage.

— Citrouille, peux-tu découvrir s'il y a beaucoup d'enfants malades en ce moment ? Ils devraient être chez eux, au lit, et non à l'école ou en train de jouer dehors. C'est important, j'ai besoin de le savoir très vite.

Il descend d'un bond sans attendre que j'ajoute quoi que ce soit et disparaît dans la nuit.

— Brave petit, soufflé-je, me sentant un peu bête.

Je commence à ressembler à une vieille fille à chats, dont la maison est pleine de félins et qui ne s'intéresse qu'à eux. Ce n'est pas mon genre. Pas du tout.

— J'irai me renseigner demain dans les écoles, déclaré-je en retournant m'asseoir. Quels sont les symptômes de votre petite-fille ?

— Elle vomit beaucoup. Elle ressent le besoin de se transformer, mais en est incapable. Ça la rend folle. Elle n'arrêtait pas de se gratter les bras hier, disant qu'elle pouvait sentir sa fourrure sous sa peau, mais qu'elle refusait de sortir. C'est là que j'ai décidé d'agir.

— En d'autres termes, nous ne cherchons plus seulement à stopper leur business, mais nous devons aussi trouver un antidote, résumé-je en soupirant. Vous savez par où commencer ?

— Je connais certaines personnes impliquées. Des gens qui ne rigolent pas. En temps normal, je te dirais de rester loin d'eux, mais il n'est plus question de nous. Il est question d'enfants métamorphes comme ma petite-fille. Je vais te noter l'adresse des chefs, du moins ceux que je connais. Mon implication doit rester discrète. Il y a trop de choses en jeu. Beaucoup de vies dépendent du fait que je reste dans l'ombre.

Il se montre très mystérieux, mais je ne le lui dis pas. J'ai plus urgent à faire.

— Je vais aller discuter avec eux, répliqué-je, en me demandant déjà quels outils apporter.

Ça va devenir moche.

— S'il y a un antidote, je le trouverai. Faites-moi confiance. Je sais faire parler les gens.

— Ils seront très bien protégés et armés, me prévient-il. Fais attention où tu mets les pieds. Si l'un d'eux prévient les autres, tu n'auras aucune chance de les atteindre.

— Combien sont-ils ?

— J'ai l'adresse de trois d'entre eux. Il y en a sans doute davantage, mais tu pourras obtenir leurs noms pendant tes interrogatoires.

Je lui décoche un grand sourire.

— Vous avez de la chance. Je connais deux autres personnes parfaites pour ce travail. Comment dois-je vous contacter ?

Il me tend une carte de visite. D'un côté se trouve un ouroboros gaufré en argent, un serpent qui se mord la queue, et de l'autre un numéro de téléphone. Pas de nom ni d'adresse.

— Vous prenez votre vie privée très au sérieux, n'est-ce pas ?

Comme je m'y attendais, il ne répond pas. Tout le monde ne peut pas avoir des chouettes cartes Miaou comme les miennes.

— Si je trouve autre chose, je te contacterai, m'informe-t-il en se levant de sa chaise. Fais attention à toi.

Il s'en va sur ces mots, sans avoir touché à son thé. Je m'en sens presque insultée. Mon thé est bon. J'aurais pu lui donner du poison, mais je ne l'ai pas fait. Je suis une femme bien. Servant du bon thé.

❀ ❀ ❀ ❀ ❀

J'ai vraiment envie de dormir, mais penser à cette petite fille en train de souffrir me dissuade de le faire. J'écris deux messages et demande aux chats de les apporter à Lennox et Gryphon. Je ne pense pas qu'ils s'attendaient à avoir de mes nouvelles si vite, toutefois, c'est une urgence. Les félins, d'abord contrariés,

175

acceptent finalement leur mission quand je leur promets une récompense.

Malheureusement, ça signifie que les deux hommes vont comprendre que j'emploie des chats. Avec un peu de chance, ils penseront qu'ils me servent juste de coursiers, pas d'espions. Je détesterais devoir révéler ce secret. Cela dit, sauver les enfants est plus important que ça. Si les deux hommes doivent découvrir au passage que j'ai deux douzaines de chats à mon service, eh bien, qu'il en soit ainsi.

Je mets les trois autres au courant en attendant que Lennox et Gryphon nous rejoignent.

— Je suis contente que tu aies fait des progrès sur l'affaire, dit Lily ensuite. Le frère de Winston est d'un ennui ! Ça m'étonnerait qu'il sache ce que faisait son frangin ou pourquoi il a été tué. J'aimerais pouvoir reprendre le temps perdu avec lui.

Elle esquisse une moue de dégoût.

— Tu m'as dit qu'il était sexy.

Je souris en toute innocence.

— Ah bon ? Tu as dû mal entendre.

Je me tourne vers les deux autres.

— Beth, j'aimerais que tu continues tes recherches sur le poison. Tu pourras peut-être comprendre comment il fonctionne, les effets qu'il produit et donc trouver comment les contrer. S'il te faut plus de substance, Benjamin peut aller t'en voler dans l'appartement près du marché.

Ils hochent la tête. L'ambiance est sombre depuis que je leur ai dit que les expériences se faisaient sur des enfants.

— Benjamin, j'aimerais que tu trouves le nombre d'enfants touchés. C'est toi le plus jeune, donc tu te fondras plus facilement dans la masse. Va dans les écoles, les crèches, partout. Même si j'ai dit aux chats de faire la même chose, ils ne peuvent pas poser de questions, eux, contrairement à toi. La petite-fille de l'Homme Mystère n'est sans doute pas la seule, et sans doute même pas la première. D'autres sont peut-être morts sans qu'on le sache.

— Je suis sur le coup, chef, répond-il, très sérieux. J'ai toujours des contacts non liés à la Meute, alors je vais leur demander s'ils ont entendu quoi que ce soit.

— Que veux-tu que je fasse ? demande Lily. Que je vienne avec toi ?

Je secoue la tête.

— Non, travaille avec Beth sur le poison. C'est notre priorité actuellement. Même si j'ai très envie de tuer toutes les personnes impliquées, nous devons d'abord trouver un remède pour soigner les enfants qui ont mangé ces bonbons empoisonnés.

— Nous avons déjà un peu avancé, déclare fièrement Beth. Nous avons d'abord testé tous les poisons habituels, sauf qu'il ne correspondait à aucun d'eux. Mais ensuite, j'ai eu l'idée de…

— C'était mon idée, intervient Lily.

Beth hausse les épaules.

— Tu joues sur les mots. *Nous* avons eu l'idée d'ajouter du luminol.

— Qu'est-ce que c'est ? la questionne Benjamin, qui n'a jamais passé beaucoup de temps au laboratoire.

— C'est un produit chimique qui émet une lumière bleue au contact d'oxydants, expliqué-je. Y compris avec le fer présent dans le sang. On peut le vaporiser sur un mur et découvrir si les éclaboussures de sang ont créé un joli motif. C'est super amusant.

Lily se racle la gorge.

— Bref… Il y avait clairement du sang séché dans la poudre. Pas beaucoup, mais suffisamment pour qu'il ressorte une fois mélangé au luminol. Et oui, nous avons testé tous les autres oxydants, les tests sont ressortis négatifs. C'est du sang.

— Y a-t-il un moyen de découvrir s'il est humain ou métamorphe ? demandé-je.

Lily sourit.

— J'espérais que tu poserais la question. Nous pensons pouvoir le découvrir si nous avons du sang pour comparer. Le tien, en d'autres termes. Et l'un de nous peut faire un don de sang humain, et l'un des chats acceptera peut-être de nous fournir le sien. Histoire d'avoir une comparaison avec un non-humain.

Benjamin bondit sur ses pieds.

— Je vais voir s'il y en a un dehors, lance-t-il en sortant de la pièce.

— Il est obsédé, marmonne Lily. Il les gâte et leur donne bien plus de nourriture que ce que prévoit ton accord avec eux.

Je hausse les épaules.

— Je m'en fiche. Ils méritent leur poids en herbe à chat.

Un profond miaou me fait tourner la tête vers la porte, me faisant regretter mes paroles. Ryker est un sacré matou. Son poids coûterait une fortune en pâtée.

Je me lève puis vais m'agenouiller afin d'être le plus possible au niveau de son regard. Je ne veux pas qu'il ait l'impression d'être dans une position de faiblesse.

— Bonsoir, le salué-je.

Il ronronne en réponse. Une nouvelle fois, je suis tentée de passer la main dans sa fourrure. Il est absolument magnifique, avec ses poils noirs argentés et ses lumineux yeux jaunes. Je parie qu'il a toute une ribambelle de femelles qui lui tournent autour.

— Il nous faudrait le sang d'un chat pour faire un test. Je ne te le demanderais pas si ce n'était pas important. Est-ce que toi ou l'un de tes amis accepteriez de nous en donner un peu ? Il ne nous en faut qu'une petite quantité.

Il me regarde dans les yeux, et j'ai l'impression qu'il me jauge. Qu'il cherche à décider si ça vaut la peine de faire ça pour moi ou non. Au bout d'une longue minute, il miaule.

Je soupire.

— Quelles sont tes exigences ?

CHAPITRE 19

Je me frotte le bras à l'endroit où l'aiguille de Beth s'est enfoncée dans ma peau. Elle ne fera pas carrière comme infirmière de sitôt. J'aurais eu un bleu si je n'avais pas été une métamorphe guérissant si vite. Ce pauvre Ryker a pris la fuite dès qu'elle a eu fini, en feulant comme un fou.

Gryphon, Lennox et moi nous sommes séparés, nous dirigeant chacun vers l'une des trois adresses que l'Homme Mystère m'a données. Je regarde ma montre. Encore deux minutes avant d'agir. Nous allons le faire simultanément afin de ne leur laisser aucune chance de se contacter mutuellement. Il nous faut être rapides et efficaces. Nous les interrogeons, les tuons, puis trouvons de nouvelles preuves concernant leurs projets. Espéré-je que l'un d'eux garde un journal de bord détaillé de leurs plans diaboliques ? Ce serait royal. Plus besoin de chercher l'aiguille dans la meule de foin meurtrière. Juste des réponses livrées sur plateau d'argent.

La vie ne pourrait-elle pas être ennuyeuse pour une fois ? Juste cette fois-ci ?

Plus qu'une minute. Je me rapproche du bord du toit, les sens en alerte. Il y a deux personnes dans la maison sous moi : l'une dort, l'autre se déplace à l'intérieur. Je ne sais pas lequel des deux est le plus important, ou si je vais devoir interroger les deux. Il va donc falloir que j'assomme l'un sans alerter l'autre. En temps normal, cela n'a rien de difficile, toutefois cette affaire a été tellement pleine de rebondissements que je m'attends désormais au pire.

Il y a un petit balcon à l'étage en dessous, et c'est par là que je pénétrerai dans la maison. Je ne suis pas assez bête pour entrer par la porte principale. Maintenant que je sais que ce ne sont pas les Guérisseurs eux-mêmes qui ont tué Winston Kindler, ils doivent être sur leurs gardes, conscients que quelqu'un est au courant de leurs agissements. D'un côté, j'aimerais reprocher à Gryphon d'avoir agi dans la précipitation, surtout en éliminant Caitlin, mais d'un autre, il essayait d'empêcher l'empoisonnement de plus de personnes encore. Qui aurait pu prévoir cette clause dans le testament de M. Kindler demandant à ce que tous les bonbons restants soient distribués gratuitement aux enfants ? Nous ne savons pas encore s'ils étaient tous empoisonnés, cela dit, mieux vaut nous attendre au pire.

Minuit. L'heure du crime. Je descends sur le balcon, atterrissant à quatre pattes sans un bruit. En quelques secondes, j'ai déverrouillé la porte-fenêtre. Personne n'a envisagé que quelqu'un puisse s'introduire par là. Que c'est pathétique.

Je progresse dans la maison silencieuse, les couteaux dégainés pour le cas où quelqu'un me surprendrait. C'est très peu probable cependant. Mes sens sont toujours concentrés sur les deux personnes, celle en dessous de moi et celle droit devant. J'entends un léger ronflement non loin. Cela va me faciliter la vie. J'avance lentement dans le couloir, jusqu'à la chambre. Pas sur la pointe des pieds, contrairement à ce qu'ils montrent à la télévision. C'est le meilleur moyen de perdre l'équilibre et de tomber.

La porte de la chambre est fermée, mais je suis très douée pour les ouvrir sans les faire grincer. Celle-ci a beau être vieille, ce n'est pas un souci pour moi. Je la pousse avec juste assez de pression pour la décaler, sans un bruit toutefois. J'ai appris ça, enfant. J'ai comme un sixième sens pour ça, une impression qui me dit quand arrêter et quand décaler la main, vers le haut ou le bas, pour éviter tout grincement. C'est difficile à expliquer.

Les ronflements continuent sur un rythme tout aussi régulier. L'homme dort profondément. Je sors une petite fiole de ma poche et la vide sur un mouchoir en coton. Je retiens mon souffle afin de ne pas être affectée par les effets de la drogue moi-même. Accroupie, je m'approche du lit, restant suffisamment bas pour que l'homme ne me repère pas s'il ouvre brusquement les yeux. Dès que je suis près de lui, je place le mouchoir au-dessus de son visage. J'attends quelques respirations supplémentaires, puis je le plaque sur son nez et sa bouche. Désormais, il dort si profondément qu'il ne pourra plus réagir. Je prends son poignet et mesure son pouls, attendant qu'il sombre assez dans l'inconscience pour que je puisse passer au suivant. Lorsque son pouls a ralenti, je retire le mouchoir et le place dans un sachet scellé, puis dans ma poche.

L'autre personne se déplace au rez-de-chaussée. Il n'y a pas de temps à perdre. Je fourre un linge dans la bouche de l'homme et lui attache les mains et les jambes. Je ne pense pas qu'il se réveillera avant une bonne heure, mais mieux vaut être prudente.

Il est temps de dompter l'autre humain. Ce sera un peu plus difficile, puisqu'il est réveillé. Je quitte la chambre, refermant derrière moi en silence pour dissimuler mon passage dans la pièce.

Puis je m'avance vers l'escalier, concentrée sur ma cible. Maintenant que je suis plus près, je hume l'air. Une femme. Intéressant. Jusqu'à présent, toutes les personnes impliquées étaient des hommes, sauf Caitlin, mais elle n'était qu'un petit poisson au milieu d'un banc de requins.

La femme se déplace de pièce en pièce. Qu'est-ce qu'elle fait ? Soit elle est insomniaque, soit elle fait de l'exercice bizarrement, soit elle cherche quelque chose. Peut-être n'a-t-elle rien à voir avec l'homme que je viens de droguer ? Peut-être que c'est une voleuse ? Non, elle est trop bruyante et imprudente pour ça. Même une novice saurait qu'elle ne doit pas faire un tel boucan.

Avec toutes ces inconnues, je décide de prendre exemple sur Gryphon. Me souvenant de la façon dont il m'a prise par surprise, je bondis en l'air en souriant. Le chandelier au plafond au-dessus de l'escalier se balance violemment quand je m'y agrippe, mais il supporte mon poids. Bien. Je n'étais pas tout à fait sûr qu'il serait assez solide. C'était imprudent, mais fun.

J'attends qu'il ait cessé de bouger, puis je me racle la gorge afin d'avoir le timbre le plus grave possible.

— Au secours ! dis-je d'une voix rauque.

Je ne sais pas du tout si l'homme allongé dans le lit s'exprime ainsi ; cela dit, vu que j'ai adopté un timbre étouffé, ça doit être crédible. Les gens en danger n'ont pas la même voix qu'en temps normal.

Le bruit s'arrête immédiatement à l'étage en dessous. Un souffle. Deux. Elle essaie de déterminer quoi faire. Puis elle court vers l'escalier. Le premier aperçu que j'ai d'elle me fait sourire. C'est une femme imposante, deux fois plus large que moi, quoiqu'un peu plus petite. Elle porte un tailleur rose qui lui donne des allures de saucisse, et ses cheveux sont si emmêlés qu'ils feraient un excellent nid d'oiseau. Je ne m'attendais pas à ça.

Elle se précipite dans l'escalier, soufflant et haletant. Ça va être facile.

— Philip ? l'appelle-t-elle dès qu'elle atteint le palier.

Sans lui laisser l'occasion d'avancer davantage, je me laisse tomber derrière elle et presse un couteau sur sa gorge avant qu'elle ne puisse se retourner.

— Pas un bruit, sifflé-je.

Elle se fige.

— Bien. Maintenant, avancez jusqu'à ce mur. Très bien. Écartez les bras et posez les mains à plat.

D'une main experte, je lui lie les poignets, le couteau toujours assez près de sa peau pour qu'elle se souvienne de ne pas se débattre.

— Venez, nous allons avoir une petite conversation, dis-je sur un ton menaçant en la faisant entrer dans la pièce la plus proche.

Il s'agit d'un bureau doté de deux grands espaces de travail et de deux fauteuils assortis. Des bibliothèques jalonnent les murs, remplies de dossiers, de carnets et de cartons.

— Asseyez-vous.

Je la pousse vers l'un des fauteuils en cuir, sur lequel elle s'installe docilement, haletant. L'odeur de transpiration m'emplit les narines, et je calme mes sens félins afin qu'ils laissent la place à mon odorat humain.

— Qu'est-ce que vous voulez ? demande-t-elle d'une voix tremblante et haut perchée.

L'ignorant, j'attache ses jambes au fauteuil, puis une autre corde autour de sa taille ample. Enfin, je noue ses bras aux accoudoirs, afin qu'ils soient à disposition pour mes projets futurs. Le temps que je termine, elle est un peu moins effrayée et me fusille du regard.

— Vous ne savez pas dans quoi vous avez mis les pieds, jeune fille. Vous feriez mieux de me laisser partir. Je ne dirai rien.

Je ris. Elle vient vraiment de me qualifier de « jeune fille » ? Je vais lui prouver que je suis loin d'être aussi innocente. Je me gratte le nez avec un couteau, ce qui la fait taire immédiatement. Ravie de savoir qu'elle comprend les sous-entendus.

— C'est moi qui pose les questions, déclaré-je. Nous pouvons faire ça vite et de manière facile, ou douloureusement et de manière prolongée. De toute façon, vous finirez par me dire tout ce que vous savez. À vous de décider combien vous voulez souffrir.

Elle blêmit un peu, mais garde le silence.

— Oh, au fait, je vais aussi interroger l'autre type, ajouté-je, comme si je venais seulement d'y penser. Si vos déclarations ne concordent pas, je devrai me montrer plus… persuasive.

Je lui souris.

Ses paupières papillotent et une larme coule sur sa joue. Pathétique.

— Ne me faites pas de mal, je vous en supplie, gémit-elle. Je ne sais rien.

Je ne la crois pas un instant. En plus, son rythme cardiaque me confirme que j'ai raison.

J'attrape un autre fauteuil et l'approche si près d'elle que nos genoux se touchent. Face à cette invasion de son espace, elle recule, mais elle n'a nulle part où aller.

— Commençons par une question facile, dis-je d'une voix ronronnante. Comment vous appelez-vous ?

— Elizabeth, répond-elle bien trop vite.

— Vous mentez.

J'attrape mon plus grand couteau et le pose négligemment sur ma cuisse.

— Donnez-moi votre nom.

— Constance Green.

Cette fois-ci, son pouls ne s'emballe pas. Bien. On dirait qu'on tient le bon bout.

— Que faites-vous ici, Constance ?

— C'est chez moi.

Vrai.

— Et que faisiez-vous en bas ? Vous aviez l'air très occupée.

Elle hésite un instant.

— Je cherchais mes lunettes. Je les perds sans arrêt.

Je ne peux pas me retenir de rire.

— De toutes les excuses que vous auriez pu trouver, c'est celle-ci que vous me donnez ? Allons, Constance, vous allez vous compliquer la vie.

— Ils vont me tuer si je parle, murmure-t-elle. Vous ne savez pas à quel point ils sont dangereux.

Je la regarde, pas impressionnée du tout.

— Croyez-moi, je le sais. Et je m'en fous. Dites-moi ce que vous faisiez.

Elle fait la moue, et son expression apeurée laisse place à sa détermination.

— Je cherchais mes lunettes.

Vraiment ? Soupirant, je me lève et sors une aiguille du col de mon haut. Je la montre à Constance.

— Savez-vous ce qu'on faisait aux sorcières autrefois ? On les piquait avec des aiguilles pour voir si elles avaient la marque du diable sous la peau. Dit comme ça, ça n'a peut-être pas l'air très effrayant. Mais cette aiguille est recouverte de poison. Chaque piqûre ressemblera à un coup de couteau. Le sang en moins. Pratique, non ?

Sans prévenir, je plonge l'aiguille dans sa joue. Elle hurle et agite la tête de tous les côtés, mais il est impossible d'échapper à la douleur. Je sais combien cela fait mal. Les sorcières n'ont pas été les seules à expérimenter ce traitement. La Meute utilise cette technique pour forcer les enfants à se transformer.

Je lui laisse trente secondes pour se remettre, puis je répète ma question une troisième fois.

— Que faisiez-vous ? Que cachez-vous ?

Elle me lance un regard noir.

— Je ne vous le dirai pas.

Sa joue est rouge et commence à gonfler. L'effet ne durera qu'une heure ou deux avant que la zone ne reprenne son aspect normal.

— Savez-vous ce qu'il se passe si je ne retire pas immédiatement l'aiguille après la piqûre ? demandé-je d'une voix doucereuse. Voulez-vous le découvrir ?

Même si elle secoue la tête, je n'en tiens pas compte. Cette fois-ci, j'enfonce l'aiguille dans sa cuisse. Pas besoin d'y aller profondément, juste assez pour franchir la peau et libérer le poison. Constance hurle de douleur et se débat contre ses entraves. Elle est plus forte que je ne le pensais, mais j'ai confiance en mes attaches. L'art de faire des nœuds est l'un de mes talents méconnus.

— Cette fois, je l'ai sortie tout de suite, expliqué-je en attendant qu'elle cesse de trembler. La prochaine, je la laisserai peut-être un peu plus longtemps. Je devrais vous laisser là et aller discuter avec l'autre type. Qu'en pensez-vous ?

Elle me lance un regard assassin.

— Va crever, salope.

D'abord « jeune fille » et maintenant « salope ». Elle n'a aucunes manières. Haussant les épaules, je sors une nouvelle aiguille. Il ne doit plus rester beaucoup de poison sur la première, suffisamment cependant pour être efficace une fois de plus. Je plonge les deux dans ses genoux. La plupart des gens ignorent que les genoux sont l'une des rares zones du corps où de nombreux nerfs se retrouvent sans défense, prêts à être stimulés.

— Dernière chance, lui soufflé-je à l'oreille. La prochaine fois, je les laisse.

Elle me crache dessus. Sa salive trouve ma clavicule. Très bien, puisqu'elle ne veut pas coopérer. Je vais arrêter d'être gentille. Cette fois-ci, j'opte pour le bout des doigts. C'est une zone particulièrement efficace. Une coupure de papier peut faire pleurer un homme adulte, et mes poisons font bien plus mal que ça.

Elle hurle de douleur et se débat si fort qu'elle fait vaciller la chaise de droite à gauche. Je me lève et la dévisage, satisfaite. Avec ses deux bras ainsi attachés aux accoudoirs, elle n'arrivera pas à retirer les aiguilles.

— Je te laisse, lui dis-je sur un ton léger en m'approchant de la porte. Souviens-toi que je t'ai donné l'opportunité de faire ça sans douleur. Tu as été trop stupide pour la saisir.

Elle m'abreuve d'insultes, mais je ferme simplement derrière moi sans en tenir compte. Elle sera beaucoup plus malléable à mon retour.

CHAPITRE 20

L'homme s'avère bien plus coopératif qu'elle. Après quelques liens, des piqûres d'aiguille et beaucoup de menaces, sa langue se délie grandement.

— Ces abominations doivent être exterminées.

Je n'écoute que d'une oreille, car je ne veux pas lui donner la satisfaction d'avoir un public pour sa folie.

— Un jour, si nous ne faisons rien, ils vont prendre le contrôle et assujettir les humains, nous obligeant à travailler pour eux.

— Comme vous le faites avec eux aujourd'hui via la Meute ? rétorqué-je malgré moi.

Il me lance un regard noir, mais il sait que j'ai raison. La Meute s'appuie sur l'asservissement des métamorphes pour les transformer en voleurs et tueurs permettant à leurs propriétaires de gagner de l'argent.

— Ils sont trop violents pour les laisser en liberté. Ils nous tueraient tous.

Je soupire.

— Nous tuons, parce que les humains nous ont formés à le faire. C'est tuer ou être tués. Quelle option choisiriez-vous ?

— Nous ? s'écrie-t-il. Tu es l'un d'eux ?

Je laisse ma panthère prendre le dessus pendant une seconde, et mes yeux changent de couleur. L'homme halète et tente de s'éloigner de moi, mais il est attaché au lit, incapable de faire autre chose que se tortiller.

— Parlons du poison, enchaîné-je, décidant d'accélérer un peu les choses. Que fait-il exactement ?

Il me regarde en fronçant les sourcils.

— Tu ne le sais pas.

— Ce que je sais ou non n'a pas d'importance, aboyé-je. Réponds à ma question.

Pour souligner mes propos, je sors une nouvelle aiguille de la réserve cousue dans mon col. Il écarquille les yeux et son rythme cardiaque s'accélère. Bien. Il a retenu la leçon.

— Il est censé supprimer la transformation, souffle-t-il. Les rendre humains.

— Censé ?

— Nous n'avons pas réussi à le faire fonctionner comme il faut à temps. Nous avions une date limite à respecter, et comme nous n'y sommes pas parvenus, nous avons fourni la version à moitié terminée à la place.

— Qui vous a donné cette date limite ?

— Si je te le dis, je suis mort.

Je lui fais un grand sourire.

— Si tu ne me le dis pas, tu es mort aussi. En fait, le seul choix que tu as, c'est celui de ton espérance de vie. Veux-tu que ton existence se termine aujourd'hui ou un jour inconnu dans le futur ?

Son visage exprime sa défaite.

— Des gens très puissants. C'est tout ce que je peux te dire. Je ne leur ai même jamais parlé moi-même. Je ne suis pas l'un des leaders, je dirige juste le labo. C'est à Constance que tu devrais le demander.

Oh, donc madame est plus élevée que lui dans la hiérarchie ? C'est bon à savoir.

— Le poison actuel, la version non terminée, que fait-il ? demandé-je, redoutant la réponse.

— Il les tue, je pense. Tous les cobayes sont morts. Nous avions réussi à les garder en vie plus longtemps ; au bout du compte, aucun n'a survécu. Nous n'avions pas assez de cobayes pour en tirer une conclusion définitive, mais il y a de fortes probabilités pour que la substance actuelle soit toujours létale. Maintenant qu'elle a été distribuée à un grand nombre de métamorphes, il est possible que certains survivent. Cependant, personne ne le sait. Ce sera intéressant à observer.

Je suis stupéfaite. Il parle d'enfants morts comme si de rien n'était. Ce n'est que de la science, pour lui, des expériences médicales, en lien avec ses croyances. Je vais vraiment aimer le tuer.

— Y a-t-il un antidote ? demandé-je d'une voix dure.

Il me sourit, à ma grande surprise.

— Je ne te le dirai pas. Hors de question que tu détruises tout notre travail. Au final, peu importe qu'ils meurent ou soient incapables de se transformer. Le résultat est le même : plus de métamorphes. Même avec le produit non fini, nous avons réussi.

— Oh, si, tu vas me le dire. D'une façon ou d'une autre.

Il serre les mâchoires et me fusille du regard, indiquant clairement qu'il n'a pas l'intention de parler.

Je fouille dans mes poches jusqu'à trouver une fiole jaune.

— Puisque tu es un scientifique, je présume que tu connais l'euphorbe panachée ?

Il blêmit, mais ne répond pas.

— C'est une plante qui produit un poison attaquant les nerfs de manière très intense. Ça commence lentement, paralysant d'abord les extrémités, puis il remonte doucement, arrêtant tes organes l'un après l'autre. En te faisant horriblement souffrir bien sûr. Le cœur et les poumons sont les derniers à fonctionner. Tu seras conscient pendant tout ce temps, conscient de ta mort, mais incapable de bouger, incapable de lutter. Tu ne pourras même pas crier. Il paraît que la souffrance est inimaginable quand le poison atteint le cœur. On peut mettre des heures à mourir, jusqu'à une journée entière. Tu en veux vraiment ? Est-ce que ça vaut le coup, franchement ?

Son rythme cardiaque s'accélère et la sueur perle à son front. Je sens sa peur même avec mon odorat humain.

Comme il ne répond toujours pas, j'ouvre la fiole et m'assieds sur le lit à côté de lui.

— Dernière chance, soufflé-je en approchant le petit tube en verre de ses lèvres.

Sous l'effet de la panique, ses yeux se sont voilés. Il est sur le point de craquer. Encore un peu plus près... Quand la fiole effleure sa bouche, il se met à crier.

— Il en existe un !

Je recule un peu, en gardant toutefois le poison dans sa ligne de mire.

— Dis-m'en plus, l'encouragé-je avec un sourire malgré son regard haineux.

— Il ne fonctionne que dans les deux jours suivant l'injection du poison, après ça, il est sans effet, explique-t-il à la hâte, les yeux rivés sur la fiole. Il ne nous servait donc à rien. Nous avions besoin que les métamorphes avancent dans leur transformation, mais ils mouraient toujours avant d'atteindre le stade où ils n'étaient plus capables de se métamorphoser. Il y en a un stock près du labo, si personne ne s'en est débarrassé. Comme je te l'ai dit, l'antidote ne nous servait à rien, nous n'en avons produit qu'un lot pour le cas où nous en aurions besoin plus tard.

— Un lot ? Ça fait combien de doses ?

— Cent, tout au plus. S'il est encore là.

Nous pouvons sauver cent enfants. S'il reste de l'antidote. Deux jours. Pendant combien de temps Caitlin a-t-elle distribué ces bonbons gratuitement ? Était-ce inscrit dans le testament de M. Kindler ou bien a-t-elle inventé cette partie-là, vu qu'elle travaille pour les Guérisseurs ?

L'étincelle d'espoir que je viens de ressentir se réduit. À moins que certains enfants métamorphes n'aient attendu avant de manger les bonbons ou à moins que tous ces derniers n'aient pas été empoisonnés, il est trop tard pour eux tous.

Ça va être un gros problème. Pour chaque enfant, nous devons déterminer s'il est métamorphe ou non et quand il a mangé les bonbons. Puis décider si cela vaut la peine de lui administrer l'antidote ou non. Combien y a-t-il d'enfants dans cette ville ? Je ne veux même pas le savoir. Et s'il mentait ? Si l'antidote fonctionnait plus longtemps que cela ? Allions-nous laisser mourir des enfants en nous fiant à *sa* parole ?

Quel bazar.

— Où est stocké l'antidote ?

Il me donne l'adresse, que je note dans mon cerveau. Puis je rouvre la fiole et la lui verse dans la bouche. Il hurle sous l'effet de l'euphorbe panachée, se tortille, me supplie, mais je ne ressens pas la moindre once de pitié pour lui. Il mérite de mourir dans la souffrance.

Je décide qu'il est plus important de distribuer l'antidote plutôt que d'interroger Constance. Elle peut attendre, surtout quand le temps nous est compté. Je me précipite à l'autre bout de la ville par le chemin le plus rapide que je connaisse, utilisant principalement les toits et les ruelles sombres.

Lorsque j'arrive à l'entrepôt, je suis trempée de sueur. Même pour moi, la course a été épuisante. Je me débarrasse sans effort des deux gardes, sans faire trop de tapage. Je n'en ai rien à cirer que leurs corps se trouvent à la vue de tous. Je serai partie bien avant que quelqu'un les remarque, et je n'ai de toute façon pas le temps à l'heure actuelle d'effacer mes traces.

L'entrepôt est rempli de conteneurs identiques. Merde.

Comment vais-je pouvoir y trouver ce que je cherche. Le seul moyen…

Je me transforme, espérant que ma théorie fonctionnerait. J'ai toujours l'odeur de l'homme dans le nez, celui qui a manipulé l'antidote. J'inspire profondément, concentrée sur mon odorat. Faites que cela fonctionne, je vous en prie.

J'avance lentement dans le couloir entre les conteneurs, reniflant à gauche puis à droite. Je suis presque au bout de la rangée quand je le sens. Oui, c'est la même odeur. Je bondis, suivant la piste jusqu'à rejoindre un conteneur cabossé. Bingo.

Plutôt que d'essayer de l'ouvrir avec mes griffes, je reprends forme humaine en gémissant de douleur. Se transformer deux fois en si peu de temps peut être douloureux, surtout si je dois me dépêcher. Je n'ai pas le choix, cela dit.

Grimaçant, je crochète la serrure et ouvre la porte. À l'intérieur, des dizaines de caisses sont empilées en tas instables. Ces gens n'ont jamais entendu parler d'étiquettes ? Cela en devient ridicule, et mon odorat ne m'aidera pas. Je parie que l'homme a presque tout touché là-dedans.

J'attrape et ouvre les caisses une à une, fouillant à l'intérieur. Rien d'intéressant. L'une contient un millier de cuillères en métal. Si j'avais le temps, je me demanderais ce qu'ils comptent en faire, mais je dois d'abord trouver ce que je cherche. Enfin, après dix minutes de recherche frénétique, je découvre un petit carton à l'intérieur d'une des caisses, contenant dix petites bouteilles de minuscules cachets bleus.

J'ouvre l'une d'elles et renifle. Elle a une odeur similaire au poison, mais pas tout à fait la même non plus. Il y a même une étiquette griffonnée à la main dessus.

A. ∂ote.

Ça doit être ça. Le traitement.

Il n'y a plus qu'à espérer qu'il reste des enfants à sauver.

CHAPITRE 21

Je ne mets pas longtemps à trouver deux chats appartenant au groupe de Ryker. Je leur attache un ruban bleu autour du cou, le signe convenu avec Lennox et Gryphon pour dire que nous devons nous réunir au plus vite. Les chats filent en courant ; je sais qu'ils ne tarderont pas à trouver les deux assassins. D'autres félins nous suivent depuis notre départ du quartier général de *Miaou*, donc cela ne devrait pas être trop difficile.

Je retourne à la maison en quatrième vitesse, en veillant à tenir fermement les bouteilles de comprimés. J'ai étrangement peur de les garder dans mes poches. Je veux les avoir à l'œil tout le temps. C'est notre dernier espoir pour sauver les enfants métamorphes malades.

Ryker m'attend devant la maison. Il miaule dès qu'il me voit et se dresse sur les pattes arrière pour attirer mon attention.

— Je n'ai pas le temps, lui dis-je, frustrée. C'est urgent ?

Il hoche la tête, et je le sens essayer de me faire comprendre mentalement que ce qu'il a à me dire est important.

Je soupire.

— Laisse-moi deux minutes pour donner ça à Lily, puis je te retrouve dans le jardin.

Il m'adresse un dernier regard acéré, puis part en courant. Argh. Je vais devoir me transformer à nouveau. Cette fois-ci, ça va vraiment faire mal.

Lily est dans le labo en compagnie de Beth. Elles lèvent les yeux, pleines d'espoir quand j'entre dans la pièce.

— J'ai l'antidote, lancé-je, surprise de ma voix aussi épuisée. Prenez-le et voyez si vous pouvez analyser les pilules. Nous devons trouver le moyen de les reproduire. C'est tout ce qu'on a, alors que nous ignorons combien il y a d'enfants métamorphes.

Je ne leur dis pas qu'il ne fonctionnera peut-être que sur très peu d'entre eux.

Elles se mettent au travail sans un mot, tandis que je monte appeler l'Homme Mystère. Je pourrais demander aux chats de lui porter un message, mais ce sera plus rapide ainsi.

Il répond à la première sonnerie.

— J'ai l'antidote, déclaré-je sans préambule. Vous pouvez venir le chercher pour votre petite-fille.

Un silence accueille mes paroles.

Puis il se racle la gorge.

— C'est trop tard. Elle est décédée il y a vingt minutes.

J'en lâche le téléphone. Merde. Nous arrivons trop tard. Une enfant métamorphe assassinée, morte à cause de certains humains qui ne la connaissaient même pas. Ils croient que ce sont nous les monstres alors que, en réalité, ce sont eux.

J'ai envie de pleurer, de crier, de frapper quelqu'un, mais tout ce qui est en mon pouvoir, c'est raccrocher et aller dehors. Je ne peux rien faire ou dire de plus pour améliorer la situation.

✻ ✻ ✻ ✻ ✻ ✻

Ryker m'attend. Je me transforme sans un mot, ignorant la douleur. Je trouve presque agréable de pouvoir me concentrer sur cette agonie physique plutôt que sur celle qui me déchire le cœur.

— Qu'est-ce qui ne va pas ? demande Ryker de sa voix mélodieuse.

Il pose doucement la patte sur la mienne, plus imposante, et je le dévisage, surprise. Je ne m'attendais pas à un geste aussi tendre de sa part. Pour un chat, il semble posséder une étonnante intelligence émotionnelle.

J'hésite à lui dire, mais les mots se déversent finalement malgré moi.

— L'un des enfants est mort. La petite-fille de l'homme qui m'a donné cette maison. J'ai trouvé un antidote, mais trop tard. La plupart des enfants vont mourir. Peut-être même tous. Nous avons échoué, Ryker. Nous ne pouvons rien faire de plus qu'attendre en les regardant mourir.

Il feule, et ses griffes s'enfoncent tout à coup dans ma patte. Je lui rugis dessus, déstabilisée par sa soudaine hostilité.

— Tu n'es pas un chien qui s'allonge et se cache les yeux sous sa patte quand la vie ne tourne pas en ta faveur, grogne-t-il. Tu es un chat. Nous n'abandonnons jamais. Nous persévérons toujours, même quand ça semble sans espoir. Oui, un enfant est mort et c'est tragique, mais il y en a tellement d'autres que nous pouvons peut-être encore aider.

— Nous ? répété-je, m'en voulant d'avoir l'air aussi pathétique et émotive.

Je ne me suis jamais sentie aussi faible.

— Nous. Ensemble. Tu as tes humains et tes métamorphes, mais nous, les chats, pouvons t'aider. Nous avons trouvé le moyen de déterminer quels enfants ont été empoisonnés.

Je me requinque un peu. Cela nous donnerait un avantage certain. Nous pourrions les cibler directement et leur donner l'antidote sans avoir à interroger chacun d'eux pour savoir s'ils ont mangé des bonbons et s'ils se sentent malade.

— Comment ?

— Leur odeur est différente, commente-t-il de façon détachée, comme si j'aurais dû le savoir.

J'aurais dû, en effet, mais je n'ai encore croisé aucun enfant empoisonné.

— Ton voleur humain nous a aidés à comprendre quelle odeur signifiait qu'ils avaient mangé des bonbons.

— Benjamin ? demandé-je, perplexe. Mais il ne vous comprend même pas. Ce n'est pas un métamorphe. Il est juste… euh, humain.

— Il écoute, il observe et son langage corporel est très expressif. Il a noué un lien avec plusieurs membres de ma famille et ils parviennent à se comprendre.

Je médite cette information. Cela pourrait grandement nous aider.

— D'après ce que l'on m'a dit, l'antidote ne fonctionne que sur les enfants ayant ingéré les bonbons il y a moins de deux jours. Penses-tu qu'il y ait un moyen de sentir qui est malade et qui a dépassé cette limite ?

Ryker penche la tête.

— Peut-être. Je vais voir avec Tempête, c'est elle qui dirige cette opération. S'il y a un moyen, nous le trouverons. Je reviens dès que j'en sais plus.

Il me tapote la patte une dernière fois, me lance un regard entendu, puis monte sur le mur d'enceinte d'un bond, avant de redescendre de l'autre côté.

Soupirant, je me transforme à nouveau, accueillant la douleur avec soulagement.

❋ ❋ ❋ ❋ ❋ ❋

Gryphon et Lennox arrivent presque en même temps, en soufflant très fort. Ils ont dû courir sur tout le chemin, comme moi plus tôt. Je leur donne un verre d'eau et leur indique le salon, où les autres membres de *Miaou* se sont rassemblés. Benjamin est revenu dix minutes plus tôt, accompagné d'une petite chatte blanche appelée Nyx. Elle s'allonge à ses pieds, peu désireuse de quitter la pièce. Je m'en fiche, nous avons plus important à gérer.

— Faisons vite, nous n'avons pas beaucoup de temps, déclaré-je, avant de leur faire un bref résumé de la situation.

— Il a menti, rétorque Gryphon dès que j'ai fini. Ou bien il ne savait pas tout. Ma cible, un type plutôt bien placé dans la hiérarchie des Guérisseurs, m'a dit que l'antidote est très efficace. Quand j'ai un peu insisté, il a admis que nous pourrions sauver tous les enfants empoisonnés avec.

— Il t'a dit ça ? s'écrie Lily, surprise.

Gryphon fait la grimace.

— Il a fallu beaucoup de persuasion. Il était presque mort au moment de me révéler son dernier secret. Je lui ai soutiré pas mal d'informations, par contre. Mais ça peut attendre.

Il me regarde, un sourire aux lèvres.

— Tu peux quitter cet air sombre. Nous pouvons les sauver. Tous.

— Certains sont peut-être déjà morts, comme la petite-fille de l'Homme Mystère, répliqué-je, lugubre.

— L'Homme Mystère ?

Ah, je ne lui ai pas encore parlé de mon étrange bienfaiteur.

— Ça n'a pas d'importance. Si ta cible n'a pas menti, nous pouvons demander aux chats de nous indiquer tous les enfants qui ont mangé des bonbons et leur donner l'antidote. Tant qu'il en reste, du moins.

— Est-ce que les chats peuvent distinguer les métamorphes des humains ? demande Lennox.

J'opine.

— Sans problème. Ils ont tout de suite su que je faisais partie des leurs. En quelque sorte. Et c'est exactement pour cette raison qu'ils gardent leurs distances avec toi.

Lennox souffle.

— Je ne suis pas un chien. Les loups et les chats ne sont pas si différents les uns des autres.

— Ils ne seraient pas de ton avis, rétorqué-je sèchement. As-tu trouvé quelque chose d'important chez ta cible ?

Il secoue la tête.

— Cinq personnes, faciles à tuer, qui ne savaient pas grand-chose. C'étaient juste des employés aidant les Guérisseurs. J'ai trouvé des documents intéressants, cela dit, mais ton messager est arrivé avant que je puisse vraiment y jeter un œil. Je les ai pris avec moi, je regarderai plus tard.

— Est-ce que les personnes que vous avez éliminées faisaient partie de la Meute ? intervient Beth.

— Aucune des miennes. En tout cas, je ne les ai pas reconnues, répliqué-je. L'une de mes cibles est toujours en vie, cela dit. Ça te dirait d'aller échanger quelques mots avec elle ? Elle s'est montrée un peu hésitante quand j'ai essayé d'obtenir des informations, alors je l'ai laissée avec des aiguilles empoisonnées dans les doigts. Elle devrait être prête à parler maintenant.

Beth sourit comme si je venais de lui offrir le plus beau cadeau d'anniversaire au monde.

— Ça me plairait beaucoup. Je vais la faire chanter comme un rossignol.

Je hoche la tête.

— Si elle essaie de te faire croire qu'elle est en bas de la hiérarchie, tu ne dois pas la croire. Elle est plus élevée que l'homme que j'ai interrogé, et lui dirigeait le labo. Elle doit être importante.

Elle se frotte les mains.

— Encore mieux. Tu la veux en vie après ?

Je hausse les épaules.

— Si elle te donne toutes les informations dont nous avons besoin, non. Qui d'autre est impliqué ? Avons-nous coupé toutes les têtes du serpent ? Est-ce que les Crocs sont derrière tout ça ?

Qui dans la Meute vend les enfants pour en faire des cobayes ? Ce genre de questions.

Beth soupire.

— D'accord, ça va m'occuper un moment. Je ferais mieux d'y aller. Bonne chance avec les antidotes.

Après son départ, Gryphon se racle la gorge.

— Je peux répondre à l'une de ces questions. Les Crocs sont impliqués, aucun doute. J'ai trouvé certaines de leurs pièces dans la maison de ma cible.

Bien que cela ne fasse que confirmer ce que nous soupçonnions déjà tous, la situation semble pourtant se compliquer. Même si nous réglons le compte de tous les Guérisseurs de cette ville, ce n'est que le début. Pour l'instant, toutefois, concentrons-nous sur les enfants. Le temps presse, pour eux.

— Comme nous sommes cinq, nous allons prendre vingt comprimés chacun, suggéré-je. Ryker va nous assigner un chat, qui va nous guider vers les enfants métamorphes malades. Maintenant que nous savons... ou présumons du moins... que le temps écoulé depuis la consommation des bonbons n'a pas d'importance, peu importe qu'ils soient déjà malades ou non. Espérons juste ne pas tomber à court de médicaments.

— Je n'en reviens pas qu'il puisse y avoir une centaine d'enfants possédant des gènes de métamorphes, commente Lennox. Qui n'ont pas été enlevés par la Meute, je veux dire. Eux n'ont pas dû pouvoir prendre de bonbons. Même s'ils en ont donné certains aux Guérisseurs pour leurs expériences, ils ne pouvaient pas se permettre de se débarrasser de tous leurs esclaves.

Il crache le dernier mot, et mon cou me picote à l'endroit où se trouvait mon collier. Oui, il a raison. La Meute compte sur les métamorphes pour faire leur sale boulot. Ils ne seraient rien sans nous.

Gryphon se lève.

— Qu'est-ce qu'on attend ? Donne-nous ces comprimés avant qu'il ne soit trop tard.

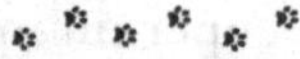

Sauver des vies fait un bien fou, étonnamment. Oui, ôter la vie est drôle aussi, mais l'autre sentiment est plus puissant. Chaque fois que je donne un cachet à un enfant, mon cœur s'allège un peu plus.

Le chat qui me sert de guide s'appelle Haru, et il ressemble à une version miniature de moi-même. Noir comme la nuit, mince et doté d'yeux verts intenses qui observent sans cesse son environnement. Ensemble, nous parcourons le quartier des commerçants, et il miaule chaque fois qu'il sent un enfant métamorphe. La plupart sont déjà tombés malades. Je suis cependant surprise que leurs parents me laissent leur offrir ces comprimés bleus sans me poser la moindre question. Comme rares sont ceux eux-mêmes métamorphes, les gènes doivent provenir de leurs ancêtres. Le poison est efficace sur les enfants ayant même un lien ténu avec le gène métamorphe, manifestement. Ils ne seront sans doute pas capables de muter pour la plupart, et pourtant, les Guérisseurs voulaient les tuer sans se poser de questions.

À chaque enfant, ma haine envers les Crocs grandit. Dans un cas, nous arrivons trop tard ; le garçon est littéralement en train de rendre son dernier souffle quand nous nous pointons devant sa porte. Cela me brise le cœur, mais je n'ai pas le temps de m'attarder sur le gâchis que représente la perte d'une vie si jeune.

Lorsque Haru ne trouve plus aucun enfant dans le quartier des commerçants, nous nous dirigeons vers les zones plus chics de la ville. Nous n'y rencontrons que deux enfants métamorphes, souffrant de violents vomissements. Juste à temps.

Nous ne restons jamais assez longtemps pour voir si l'antidote fait effet. J'espère que c'est le cas. Que nous n'avons pas fait tout ceci pour rien, que nous n'avons pas éveillé l'espoir des parents pour rien.

Pour en être certaine, je retourne avec Haru aux premières maisons dès que j'ai distribué mes vingt comprimés. La petite fille, qui ne doit pas avoir plus de cinq ans, semble aller bien mieux, ses joues ne sont plus aussi pâles. Sa mère m'abreuve de câlins, et je cours plus ou moins jusqu'à la porte pour éviter de me faire étreindre à mort.

Un peu tôt pour faire ce genre de blague ? Peut-être. C'est la faute de mon cœur froid d'assassin, qui n'est plus si gelé que ça. En fait, il saigne abondamment. La seule chose qui l'apaise un peu, c'est de savoir que nous avons sauvé des vies aujourd'hui. Nous avons tué, nous avons lutté, nous avons aidé. Cela devrait peut-être devenir le nouveau crédo de *Miaou*.

Ou, mieux encore : « Miaou. *Nous n'avons pas peur de vous, les Crocs. Nous allons vous trouver et vous détruire. Nous vengerons les enfants que vous avez tués et nous veillerons à ce que vous ne puissiez pas reproduire ceci ailleurs.* »

Voilà. Un peu long, mais on s'en fout. C'est bien mieux.

ÉPILOGUE

Je suis dans ma chambre avec Lily, à manger des biscuits au beurre que j'ai trouvés dans une boulangerie, sur le chemin du retour. J'ai décidé que nous avions bien mérité une petite gâterie. Sauver soixante-douze enfants d'une mort certaine vaut bien une petite récompense.

Nous dégustons nos biscuits dans un silence amical. Après la course folle et l'excitation des derniers jours, c'est agréable de pouvoir se détendre un peu.

— Ce n'est pas terminé, hein, lance-t-elle tout à coup.

Ce n'est pas une question. Elle connaît la réponse.

— Non, en effet.

Je soupire.

— Nous les avons juste empêchés de réussir ici, mais qui sait, peut-être qu'ils mènent les mêmes expériences ailleurs. Pour ce que nous en savons, ils sont peut-être même plus avancés. Ils ont peut-être déjà tué des centaines d'enfants métamorphes sans qu'on le sache.

Lily frémit.

— Nous devons faire quelque chose, Kat. Nous ne pouvons pas faire comme si nous ignorions les agissements des Crocs. Je sais que c'est dangereux mais, maintenant que nous avons un aperçu de leurs projets, je ne pense pas pouvoir reprendre ma vie comme si de rien n'était.

Je ne réponds pas. Je me suis déjà fait les mêmes réflexions. Même si le bon vieux temps me manque, celui où je tuais et savourais ma vie d'assassin, le monde est devenu bien plus sombre depuis que j'ai accepté l'affaire Kindler. Je souhaiterais presque ne m'en être jamais chargée. Parfois, l'ignorance est une bénédiction.

— Nous devons être tous très prudents, dis-je enfin. Nous sommes sans doute dans leur collimateur à présent. Je suis sûre qu'ils vont envoyer des gens ici pour savoir ce qu'il s'est passé. Perdre la plupart de leurs agents du coin le même jour ne va pas passer inaperçu.

Mon amie opine.

— Et nous serons prêts. Nous sommes plus informés qu'avant. Lennox a trouvé des documents qui peuvent nous aider à découvrir jusqu'où s'étend leur influence. Nous ne sommes peut-être pas aussi organisés ou puissants que les Crocs, mais nous avons du cœur.

Je ris.

— Je n'aurais jamais cru que ce serait un atout.

— Moi non plus. Être un assassin sans cœur m'a toujours paru facile. C'est quand on ajoute les émotions au tableau que cela se complique.

Elle a tout à fait raison. Je ne parle pas que de la tristesse que je ressens à cause de ces enfants métamorphes morts, et en particulier la petite-fille de l'Homme Mystère. Je fais aussi allusion aux deux nouveaux membres de l'équipe, ces deux hommes pour lesquels j'ignore ce que je ressens. Lennox, ce vieil ami qui m'a emmenée à un non-rencard impliquant des fleurs. Gryphon, l'assassin presque aussi doué que moi pour tuer. Dans lequel j'ai bizarrement l'impression de me voir.

Je dois protéger mes émotions. Je ne peux pas me permettre de devenir sentimentale. Les enjeux sont trop importants.

— Il y a autre chose, dit Lily en se levant pour s'approcher de la fenêtre.

Il est tard, les derniers oiseaux vont bientôt finir leur chant du soir. Je la rejoins, me demandant ce qui peut turlupiner mon amie.

— Je ne sais pas comment te dire ça, Kat, commence-t-elle, le regard rivé sur le coucher de soleil. Tu sais que j'ai testé le sang de Ryker ?

Je hoche la tête.

— Quelque chose ne va pas ? Il est malade ?

— Non, pas exactement. Il est… comment dire… pas vraiment un chat.

Je ne peux pas retenir mon rire.

— Tu as trop bu ou quoi ? Je te rassure, c'est bien un chat. Tu l'as vu, non ? Quatre pattes, le poil brillant, des moustaches et un froncement de sourcils arrogant. C'est un chat. Aucun doute.

— Ce n'est pas *juste* un chat, lâche-t-elle. C'est un métamorphe. Ryker est un métamorphe.

FIN

Miaou ! J'espère que ce livre vous a plu. Si c'est le cas, laissez un commentaire et parlez-en autour de vous. Plus il y aura de lecteurs, plus Kat en ronronnera de plaisir.

La suite continue dans Chat glacé, où vous en apprendrez plus sur les Crocs et les nouveaux compagnons de Kat. Eh oui, Ryker n'est vraiment pas qu'un simple chat.

Pour connaître toutes les mises à jour, vous pouvez souscrire à la newsletter de Skye :
skyemackinnon.com/francais.

À PROPOS DE L'AUTEURE

Skye MacKinnon est auteure de best-sellers. Ses livres racontent l'histoire d'héroïnes qui n'ont pas d'autre choix que de s'impliquer.

Elle revendique avec fierté son héritage écossais, utilisant les fantastiques décors de son pays et une pointe de mythologie, que ce soit pour parler de dieux celtes, de chats métamorphes ou des rues d'Édimbourg.

Lorsqu'elle ne se trouve pas dans son café préféré pour écrire ses livres, Skye adore la mangue séchée, ainsi que les thés exotiques, dont elle a rempli son placard jusqu'à ce qu'il n'en rentre plus aucun sachet. Ce qu'elle aime par-dessus tout, c'est être recouverte des poils de son chat démoniaque.

skyemackinnon.com/francais